帽仕汇 编

帽饰有诗会

作家出版社

应张国祯先生、赵晓生先生邀约，为"帽仕汇杯"诗歌征文赋辞

不仅仅是小小的帽饰，它们是一颗颗明亮的星星。更为令人感奋的是，这些星星让我们想到一些明亮的事物和同样明亮的人：长江、南中国、最后的状元、张謇，以及实业救国，等等，最后，还有，希望或者理想！

千里运河北起北通州，南迄南通州，长江至此没有止步，它把滔滔的流水夜以继日、不间断地注入东海，注入太平洋。此刻屹立这海岸的城市是南通。在南通，到处可以感受到张謇的存在。他未曾远去，他始终伴着亲爱的长江水。他透明睿智的思维启迪我们把目光投向世界。他把大洋彼岸的电光石火，引来照亮古老帝国漫长的暗夜。

翰林学士，拈花状元，他放弃那些华美，他选择实干。他有许多追随者，发扬他的事业的后来者认定这小小的帽饰，他们为此建立博物馆。他们坚信，这小小的物件，不仅可以生长财富，同样可以成为照亮黑暗的星火。前行者深远的目光，昭告并引领后人，用春天的表情向每一颗平凡的帽饰致敬。

· 谢冕

2023 年 5 月 31 日，于北京大学

一

南通市富美帽饰博物馆创立于 2019 年，是国内唯一一家以帽饰文化为主题的博物馆。为发掘、弘扬帽饰文化，以诗歌呈现帽饰的历史之美、时尚之美、人文之美和精神之美，由南通市文联指导，南通市作家协会主办，南通富美帽饰博物馆承办的"帽仕汇杯"帽饰主题诗歌征文活动，2 月 3 日在中国作家网发布征稿启事，在长三角开启了一波繁荣特色诗歌创作的盛事。

举办以帽饰为主题的诗歌征文在诗歌界和帽饰业界都是第一次。笔者受邀为评委成员，和同人开始有点惴惴不安，一愁来稿不多，二怕诗稿落套、质量不高。

然而实际情况却大大出乎意料。在不到两个月的时间里，征集诗歌来稿一凡 1443 篇，诗作精彩纷呈，令笔者目不暇接，赞叹不已。

评委同仁不无惊喜地看到，应征寄来的创作诗篇，其中近九成都是新诗，而从立意角度来看，七成左右是有自创性的（包含旧体诗词）。诗语清新、诗情盎然的作品不时映入眼帘，给人的印象大大超越了和帽饰相关的文化生活范畴。我们对长江东海汇合处的文化生态，依托南通市服装业升华的帽饰文化，有了新的感受和认识。一如谢冕先生赋辞所言，"想到一些明亮的事物和同样明亮的人，……还有，希望或者理想"；并对当今长三角文学语境中蕴藉涌动的强劲江流，产生新的感知。

经过评委线上分别初选，汇总后在南通举行评委会议，深入讨论、复评投票，评选出了 8 首等级奖作品，88 首优秀奖作品。而在笔者和评委同仁看来，全部应征投寄来的一千四百多首诗歌里，诗意荡漾、令人心有所动的诗篇远不止一百来首，而约占全部诗稿的五分之一左右。古人云"诗无达诂"，本来优秀诗歌的评选就是比其他文体作品评选难度要大的工作，限于活动设定的获奖名额，以及评选人力与时间限制，评选出来的排列结果，只能是评委在名额范围里达成共识的一部分；为此又增设了鼓励奖（62 首），连同向省内知名诗人约稿诗作（5 首），汇总成此诗集。读者和作者们对这些诗作优秀特色的鉴赏，应是见仁见智的。笔者和评委同仁觉得有把握将这些诗作奉献于社会各界的广大读者，是我们确定地感受到这些作品中的诗情涌动，和它们产生的诗境与意象之新与美，比之当今的诗坛佳作并不逊色——

我的长江会戴着白云的帽子向天边跑去

张国祯　赵晓生

我的南通会摘下夜晚的星辰

给潮起潮落的命运一顶桂冠。[1]

二

　　应该说，数量众多的应征诗篇来自全国各地的诗歌
爱好者，而其中长江中下游、长三角（或熟悉和关心长
三角）的作者占了较大的比例。通读应征诗稿，分明感
受到"南通州"——长江入海口——长三角地域社会里
蕴藉涌动的文学创作热情。以帽饰今昔咏叹江海历史文
化，是相当多的作者创作的灵感所在。

　　"历史和当下便血脉相连，气韵贯通"[2]，这些作者
所咏叹的，主要还不是"冠弁"的沿革流变，而更多的
是将目光投向长江和运河流域生息的人们，他们的劳作
经营、衣食歌咏，从而孕育出的帽饰人文支流："我守
着一道支流 / 低吟浅唱。在南通州 / 以帽子的名义，拔
擢淬火成钢的品格 / 博物馆是一方方湖泊 / 两千多"帽
氏家族"认作至亲"。[3]

1. 王蝶飞：《我用春天的表情向每一枚帽子致意》。
2. 谢沄璐：《馆藏帽饰定格悠悠岁月的脸谱》。
3. 谢沄璐：《馆藏帽饰定格悠悠岁月的脸谱》。

熟谙南通州人文和上世纪初先驱者革新历程的作者，以末代状元张謇弃官办工商、辛苦兴业于东南市邑，来歌咏冠帽"命运的明喻"："心怀天下，偏安东南。在一顶遮阳帽里研墨 / 建纱厂……"，"培育棉铁政策 / 村落主义的秧母，栽莳。分蘖。茁壮 / 江海平原、黄海之滨日益红润，丰腴"，从而咏诵了先行者冠帽下的"未竟的经世济民主张"。[1] 像这样以前人江海辟荒的胜迹形象，（不仅仅是张謇事迹），激励后人奋发、拓展伟业的佳作，在应征诗篇中占有相当比例。

　　注目于文化传承的作者，歌咏冠帽本身形象意涵的演变，贴近大地上黎民百姓，诸多诗篇吟诵体现民族人性亲情的虎头帽，咏叹农夫庶民最常戴的草帽，而每每各有新意和警句："团团浓色挤满了双眼 / 排列的虎头帽 / 是飘荡了几个世纪的旧梦 / 那是关于生命的隐喻 / 被埋藏在宗族祠堂，家谱段落 / 一个个有姓无名的女人身上"，[2] 这分明是虎头帽映射出的母爱、女权的鲜明抒写。

　　在《母亲的草帽》里这样抒写着劳动妇女的草帽蕴含的情愫："经过无数个夏天的洗礼 / 草帽开始泛黄，秸秆像倒刺一样 / 竖着，母亲的白发也混入其中 / 但仍舍不得

1. 谢爱平：《冠帽："商界夸父"张謇跌宕命运的明喻》。
2. 贝慧慧：《从帽子开始诉说》。

丢弃/……/竹篾缝隙流淌的文明与汹涌/是独属于母亲的掌声，断裂的帽檐/悬挂着一粒麦子的全部隐喻"！[1]

而另一首恰似姊妹篇的《麦秸草帽》则接着抒写，当母亲老了，"她常戴的那顶麦秸编的草帽/被光阴一圈一圈慢慢啃噬掉"，"按照母亲教我的方法/我怎么也编不出那草帽的原样儿/编不出那乡间的朴素与光亮/但，我不能停下来/我担心挂它的钉，熬不住自己/担心，那堵墙撑不住自己"！[2]

歌咏者心目中母亲的草帽有着充实的情愫和精神寄托，重如巨石！歌咏历史连结当代之文化血脉，一些应征的旧体诗路径娴熟、辞章琅琅，颇善追溯远古、纵览近世，如《富美帽饰博物馆赋》[3]；如："中外琳琅真曰博，服章炳焕故称华。五千文物非王谢，今日归来百姓家。"[4]应该指出，其中还不乏连接地气、通达世情和时新审美之作，如："毡帽乌篷映碧潭，烟云黛岫韵江南。衣冠有意尊天地，菱露荷风自洞谙。"[5]在江南水乡，歌吟的是菱露荷风中毡帽乌篷相映的诗意。

1. 孟甲龙：《母亲的草帽》。
2. 邱保青：《麦秸草帽》。
3. 冯亚东：《富美帽饰博物馆赋》。
4. 谢丹：《七律·访富美帽饰博物馆》。
5. 于光明：《七绝·帽史四题之四》。

更难得的是，一些新诗能着眼连接今古，从古典文学作品里的巾帽、斗笠意象中，闪现出优秀人文精神对当今社会的启迪，在《头顶斗笠，风雪归来人》一诗里这样歌唱："我想再一次独钓千年之前的雪"，"斗笠之下的烟火气息飘荡大地之上……/无边无际的苍茫包裹大地健壮的身躯/一腔涌动的热血召唤着斗笠之外的春天"！[1]

三

新诗的现代性艺术魅力，在于对人的生命存在与脉动、对丰富深厚的人性内涵，做全方位的观照，感性和理性融合的感知与共鸣。这次诗歌创作活动，名义上貌似专题性咏物诗歌征文，实际上大量的诗作却是以咏物为比兴，立意赋怀抒写人生意象，或以帽饰属性作社会生活之讽喻。

赋怀抒写人生的诗篇，着眼于冠帽与人在社会中的象征形象。"你通过帽子认识我，/冠礼之后我便一生顶着珍爱之物/……/人在一顶帽子下安家，/眼睛的窗户，

1. 李文毅：《头顶斗笠，风雪归来人》。

嘴的篱门，/ 在破茅屋的秋风前把帽檐压了又压。"歌吟者关注地探寻着的是，意象之中和背后的人生哲理："帽子也有不同的性格，会选择不同的人；/ 它站立在脑袋上，是思想的外衣。"[1]

这些富于象征意味的意象层叠不穷，表明着歌吟者对人生哲理的热情探寻不会中止："在凛冽的冬季，在寒冷的气流中 / 我喜欢看一些桀骜不驯的脑袋 / 在帽子里进进出出 /……/ 帽檐下，无数的思想荟萃在一起 / 无数的智慧 / 正在大脑里紧急集合 / 这多么像一个演出的舞台 /……/ 一顶帽子如同一间小小的房子 / 为每一颗孤独的头 / 找到了温暖祥和的安居之所"[2]多么富于人生哲理意味的联翩意象！

如前所述，帽子比兴带出的是人生赋怀，十分可喜的是，为数不少的这一类优秀诗作，所赋写的人生感怀，不仅限于探寻哲理，还歌唱亲情、爱情和乡愁乡情，是相当丰富多彩、鲜活生动和动人以情的。

歌唱爱情的新诗佳作不胜枚举。《戴着帽子去爱你》作为爱情诗，意境不俗，形象动人："穿过世俗的风 / 冒着凡间的雨 / 我戴着一顶帽子去爱你 // 我要戴着她，

---

1. 刘洋：《帽子，或思想的外衣》。
2. 胡平：《帽子帖》。

像顶着一朵明媚的／丁香花，默默地走进你盛大的／春天里／我要戴着她，像擎着一只温婉的／小橘灯，悄悄地融入你清澈的／目光里"。[1] 现代社会纯美的爱情是尤其动人可贵的。

名为《帽饰的情书》的诗作，写得十分绚美："乡愁之上／远行的舟借你的青丝停泊／舟下深沉的海倒映我的轮廓／俯下身，亲吻你发梢的檀香"；这却并非男女间的"情书"，歌者的深情思恋，在鲜丽意象中徐徐展开："想陪你看遍南通的山和云海／叩问古老的岁月／灵巧的手编织思绪万千／听风而饮，枕月而眠／城市的霓虹入梦／／想装饰你今天的幸福／当归途的鸟儿肆意叫醒了春天"。[2] 这里的乡愁乡恋，充溢着对这片江海相连热土上新生活的动人深情！

这些起兴于帽子的诗篇，充分抒写热烈的爱，"我用春天的表情向每一枚帽子致意／我的生活，可以是草编的、麻棉的……／我钟意的每顶帽子都开放着花朵"；这样博大的爱紧系于社会生活，源自于深厚的人间大地："它们就像一首歌，一幅画，一曲词／在广袤的人间，带着我在飞／我知道每一枚帽子／都像母亲一样庇护着我／为我遮风

---

1. 李启发：《戴着帽子去爱你》。
2. 李郁园：《帽饰的情书》。

为我避雨 / 为我在人群中留下一个醒目的印记。"[1]

正缘于此,歌吟者从头顶的帽子生发的意象,上接太阳,远联古今:"太阳也是一顶手织线帽 / 头顶太阳的人,一定满脸阳光 / 一日是他的一生,一朵云起 / 论古今事,扶起多少笔误";在兹念兹,歌者更心怀天下之忧——"我是一顶返乡的草帽 / 我有一顶帽子的天下之忧 / 你看,白头把草都逼绿了 / 我不敢说是钟声,我只说她身带风铃"。[2]充满现代感的歌咏中,世界的感知和桑梓深情融为一体!

帽子在人生、社会生活里的身份标记,自然带来了由此比兴的讽喻性。应征的此类佳作,有不少精练的旧体诗,和更多活泼生动的新诗。"冠冕长安忆,络头巷陌逢。一声俗世叹,湖影照惊鸿"。[3]悠长的概叹不是深沉回响在长街小巷之中吗?

新诗佳作的讽喻更是犀利而精湛:"一顶冠帽,敲响尊卑有序的晨钟 / 戴上你所有的低廉过往,被压制 / 高贵典雅浓缩成小小一顶 / 野心昭然若是 / 站立在浩荡的长河,凝结一世繁华"。[4]多数佳作中,讽喻和歌咏是交织、融合在一起的,如:"一顶精致的帽子,像一口倒立的

1. 王蝶飞:《我用春天的表情向每一枚帽子致意》。
2. 王爱民:《帽饰是满天璀璨的星星》。
3. 汤麒臻:《咏异帽人》。
4. 魏晓红:《倾听一顶帽子》。

井 / 蕴藏着深邃的时光。/ 作为装饰，它最接近头颅，最接近思想"。[1]读者可以看到，在收入诗集的众多诗作里，诗歌寄寓哲思之意象鲜明，讽喻敏锐而不失隽永，是显著的共同特色。可以说，由帽饰比兴赋写的诗歌，增添了本年代新诗讽喻风格的形象丰富性和明睿的哲理性。

四

"南通州北通州，南北通州通南北"，这是一副旧楹联的上联。旧时南通州，即现今之南通。"一座城，一个人"，有着千年历史的南通城，在清朝末年，因一个人，而昭著于世。这个人，就是张謇。一位穷书生、旧诗人。42 岁高中状元，面对国运不济，摈弃为官从政，胸怀实业救国、教育救国之志，回到家乡南通，办实业，兴教育，重文化，助公益，在 20 世纪初期，南通成为中国近代第一城（清华大学城市规划专家吴良镛教授的评语）。

张謇成为南通近现代化的开拓者。百年风云际会，南通人始终缅怀张謇的家国情怀，张謇成为南通的城市名片。张謇精神至今成为南通城市精神的精髓。在改革

1. 刘洋：《帽子，或思想的外衣》。

开放的年代，南通的企业家们以张謇为楷模，弘扬张謇精神，为国家为社会为百姓做贡献谋福祉。南通富美服饰公司董事长孙建华就是践行张謇精神的一位企业家。

在笔者看来，张謇—孙建华，时代虽隔百年，都是书生，都是下海办厂，实业起家，在有了一定资本积累之后，同样反哺文化、助力公益。一百多年前，张謇创办南通博物苑，是国人自办的中国第一个博物馆。三年疫情期间，孙建华斥资数亿，新建落成的富美帽饰博物馆，是以帽饰收藏与文创相结合的专业博物馆，与张謇百年前创办的南通博物苑，相得益彰，如今成为南通文博的地标。

令人欣喜的是，今年5月18日国际博物馆日，成为帽饰博物馆新馆正式对外开放日。要做成一件件有纪念意义的文化活动，成为孙建华一直思忖的课题。他要收集101个国内外名人戴帽饰的照片，他想汇集101个国内外设计大师的帽饰设计精品，他要征集101首帽饰诗歌，他的文创之思如泉涌，于是，便有了帽饰诗歌征文活动的创意。

一个美好的创意结出美好的硕果，是美美与共的结晶。因为有对帽饰文化之美的互通和共同的心领神会，便有了来自全国诗人的千百首帽饰诗篇。

帽饰诗歌征文活动得到了南通市文联、南通市作家协会的鼎力支持，分别作为支持与主办方。活动组委会聘请的评委兼含作家、诗人、学者、编辑。江苏省作家协会副主席、著名诗人胡弦，南通市作家协会主席储成剑，文学诗刊编辑徐玉娟，笔者有缘与之联袂参与了初评、复评、终评。对一千四百多首参评诗稿按照来稿时间编号进行网上阅稿盲审，独立提出初评、复评和终评的编号，最终根据全体评委的意见，确定了等级奖和优秀奖。

北京大学诗歌研究院院长、92 岁高龄的谢冕教授，是笔者就读北京大学中文系的先生，获悉帽饰诗歌征文活动的信息后，慨然应邀调阅获奖诗篇，欣然作赋辞一篇，并特为题写书名《帽饰有诗意》。谢冕先生是现今中国诗坛的师长泰斗，热爱诗歌的拳拳之心，跃然于字里行间，令人感动不已。

孔子在《论语》中说："《诗》三百，一言以蔽之：思无邪。"[1] 孔子用"思无邪"高度概括《诗经》从内容到形式的真实、纯粹，没有丝毫虚假杂念和矫揉造作。思无邪，也成为古往今来学诗、写诗、读诗、评诗的准尺。

思无邪，其实也是一种情怀。古往今来，无情怀者无以为事也无以为诗。达济天下，大至对国家对民族对社会的家国情怀；小至独善其身，自我修为的真善美情操。

1.《论语》第二章第二节。

诗者思无邪的情怀，源远流长，生生不息，成就了我们的文化自信。

思无邪，帽饰有诗意。帽饰诗歌创作难道不是新时代文化自信的一曲华美乐章吗？

2023 年 7 月 3 日，南京—南通

◉ 张国祯　北京大学文学博士，现代文学学者
◉ 赵晓生　资深媒体人，服饰文化学者

CATALOGUE

目录

等级奖

优秀奖

鼓励奖

特约诗

8
POEMS

等级奖

冠帽："商界夸父"张謇跌宕命运的明喻

宫花开在轻疾的马蹄边，艳丽在状元的帽檐
紫禁城内，那一场雨下得透彻呀
翰林院修撰的顶戴花翎褪色，不甘愿随流
目光如炬，透视了王朝暮秋的病灶
"清流"的口头禅针灸命门，开具大处方
以实业、教育配伍救国药丸，超大剂量
不惜把自己的身子骨搭进去，作一服药引

甲午战酣。丁忧守制。草鞋白帽，披麻执杖
吁！搁置虎头帽，端正瓜皮帽。一场冒籍的
谐音梗里，恨半世仇人，念一生知己
随淮军驻朝鲜，幕僚十载。在大盖帽荫护下
催生国际主义的胚芽。冠帽：一代鸿儒
跌宕命运的明喻。前半生秦篆、魏碑一般
工整。后半世如何行草、癫狂？噫！
往事如冰，来日如水。下海：使命，宿命？

心怀天下，偏安东南。在一顶遮阳帽里研墨
建纱厂，启海乡音熟稔"大德曰生"的词根

楷书"模范县"。西溪盐仓监范仲淹留下了
法帖。拓片"先忧后乐"。培育棉铁政策
村落主义的秧母，栽莳。分蘖。茁壮
打造新新世界之雏形。憔悴的
江海平原、黄海之滨日益红润，丰腴！

只带走礼帽、眼镜、折扇、胎发吧，还有
未竟的经世济民主张。淡入淡出，定帧
为故乡落日反向背纤的清癯身影。一尊塑像
一顶冠帽，一座清末民初实业救国的遗址
仰视，拜谒。为"商界夸父"一次次加冕
理念不朽，阳光不锈。每一粒精神的舍利子
都是酵母。酥松了当下乡村振兴的馒头

帽子，或思想的外衣

一顶精致的帽子，像一口倒立的井

蕴藏着深邃的时光。

作为装饰，它最接近头颅，最接近思想；

是文化的筐：一念远方时是一顶巴拿马帽，

一念山水时是一顶青箬笠。

你通过帽子认识我，

冠礼之后我便一生顶着珍爱之物；

也有时顶着蓝天，或一轮明月。

我顶着帽子行走如少女顶着一只水罐，

清凉的美在头顶荡漾，沐浴晨光。

也可把帽檐看作孤独的屋檐，

遮挡尘世的风雨，与刺目的光。

人在一顶帽子下安家，

眼睛的窗户，嘴的篱门，

在破茅屋的秋风前把帽檐压了又压。

帽子也有不同的性格，会选择不同的人；

刘
洋

它站立在脑袋上，是思想的外衣。

色彩与样式，不同的帽子代表了

不同的我们：要戴上它，须得先低下头。

有时帽子比头颅还重要

像思想重于肉体

只是一顶帽子

你只是一顶帽子

带着远古的尘埃

一根藤条，几片树叶，编织成你最初的审美形态

茹毛饮血的祖先，在你的庇护下

告别蛮荒，诞生了第一缕文明的情怀

珠宝镶嵌的皇冠，是至高无上的权力和俯瞰众生的姿态

将军武士的军帽，在沙场秋点兵的天际线上勾勒出悲壮

的气概

牧师道家的顶上穿戴，是信仰的召唤抑或是头上三尺神

灵之所在

贩夫走卒的褴褛衣帽，诉说着一蓑一笠一扁舟的人间疾

苦与无奈

萌春，鲜花编成的花环戴在了孩子们的头上

他们比鲜花更加明艳多彩

盛夏，为爱人送上一顶巴拿马草帽

享受凉爽的惬意也能享受爱情的浪漫与挚爱

韵秋，陪伴老人看大江余晖

裴立新

理一理妈妈的围脖和帽檐，妈妈有讲不完的故事与欢快

寒冬，睡在我上铺的好兄弟

从大洋彼岸寄来帽饰设计大师 Stephen Jones 的作品

总能在我苦闷的时候为友谊续火添柴

你只是一顶帽子

却向未来而去

宇航员太空漫步，可怕的宇宙射线会被精密头盔遮盖

脑机接口，把芯片植入头顶，意志飙升成就最强大脑

电脑游戏，戴上设备会立刻成为虚拟宇宙里拯救世界的 Superman

不管晴天、阴天、雨天，戴上帽子的一天，便是晴朗的一天

无论昨天、今天、明天，戴上帽子的一天，就是美好的一天。

也许，你不只是一顶帽子

你还能带来什么？为这个新时代

那就请你戴上一顶帽子吧

慢慢体会，万千感慨

帽饰是满天璀璨的星星

·1

月光日日照临西窗，燕子是恋旧的新人

你携带的花朵和星星的秘方，已成绝唱

·2

一夜东风唤回青丝三千，空谷散幽兰

美像个传说，天籁之音轻落

如一道彩云，回到人间

美爱上一顶帽子，像蝴蝶爱上花朵

像天空，爱上了大地的静穆和优雅

这神的孩子，被上天垂爱，也垂爱尘世

·3

辽阔的灯盏，种出十万亩春风和蔚蓝

叶子和花朵，各有各的列传

回眸一笑间，他们看见了自己的前世

王爱民

轻声跟帽子上结庐的霞光交谈

哪颗星星，能替我说出辽阔旷远？

·4

太阳也是一顶手织线帽

头顶太阳的人，一定满脸阳光

一日是他的一生，一朵云起

论古今事，扶起多少笔误

·5

清风吹动宽边年轮，侧影也是半个美人

挂在衣帽架上，更像个满月

招引着银河系的光环，睡梦里

一枝藤蔓，会悄悄爬上你的屋檐

·6

帽平静端坐，像他曾经的主人

窗外阳光经过，在帽饰上一闪

瞬间，点燃眼里滚动的泪光

·7

我是一顶返乡的草帽

我有一顶帽子的天下之忧

你看，白头把草都逼绿了

我不敢说是钟声，我只说她身带风铃

·8

如果有一顶被大风吹破

一顶，会替另一顶继续活着

我用春天的表情向每一枚帽子致意

我用春天的表情向每一枚帽子致意
愿每一枚帽子都有一个温暖的名字
愿每一枚帽子下都露出春天的表情
这些草帽，羊绒帽，藤编帽，贝雷帽，礼帽……
都有自己的主人
我的生活，可以是草编的、麻棉的……
我钟意的每顶帽子都开放着花朵
也可以飞成蝴蝶
我有江南的温柔，也有大漠的豪气
我的帽子总是在一动一静之间
遮蔽着生活的漏洞
我的长江会戴着白云的帽子向天边跑去
我的南通会摘下夜晚的星辰
给潮起潮落的命运一顶桂冠

在帽饰博物馆，我是艺术的主人
也是帽子的过客
仿佛江水无声，带来了时间的两岸
每一枚帽饰都是一种语言

红的在抒情，白的在叙事

而那枚紫帽子，我唤它紫蝶

它是我的虚空，我是它的本色

我想给每一枚帽子，一个会飞的名字

它们就像一首歌，一幅画，一曲词

在广袤的人间，带着我在飞

我知道每一枚帽子

都像母亲一样庇护着我

为我遮风为我避雨

为我在人群中留下一个醒目的印记

所有的目光投向了我的头顶

我用春天的表情向每一枚帽子致意

王蝶飞

馆藏帽饰定格悠悠岁月的脸谱

时光白亮，一如吴盐

帽饰如一件件腌制品

博物馆是保鲜的冰库

馆藏定格悠悠岁月的脸谱

屏声敛息，谁在破译"画外音"？

历史太厚重，文化极璀璨

只在展橱一隅均匀吐纳

讲解员的"小蜜蜂"溜过一回

这些静物就死而复生一次

历史和当下便血脉相连，气韵贯通

每一件帽饰，都镶嵌时尚的热词

寂静的独白，总是不失真的同期声

帽子老旧，挽留岁月的绰绰有余

文化时有误会抑或邂逅，面面相觑

在被收编于江海文化旗下的语境里

帽子、暖耳、头饰、眉勒天庭饱满

地阁方圆。如僮子戏中老生、花旦

不羁的是圣腔、书腔，还是铃板腔？

一排排帽子，一溜排列有序的琴键

音符铿锵。多声部的浪花欢快

潺潺汩汩。我守着一道支流

低吟浅唱。在南通州

以帽子的名义，拔擢淬火成钢的品格

长江入海口。博物馆是一方方湖泊

两千多"帽氏家族"认作至亲。俱洄游

此心安处是故乡。工笔镌刻

城市本质、品质、气质

看完一场展览，我依旧在无字处

默诵，于无物处咀嚼平仄

帽子帖

各种形状的帽子，各种颜色的帽子

以及各种大小的帽子

总有一款适合你，总有一款

能把你聪明的大脑

刚好包裹住

在凛冽的冬季，在寒冷的气流中

我喜欢看一些桀骜不驯的脑袋

在帽子里进进出出

那些皱巴巴的帽子，毛茸茸的帽子

那些洗得干干净净的帽子

它们把自己举到最高处

帽檐下，无数的思想荟萃在一起

无数的智慧

正在大脑里紧急集合

这多么像一个演出的舞台

所有的记忆

都在帽子的世界里

留下了一道道

虚无的痕迹

一顶帽子如同一间小小的房子

为每一颗孤独的头

找到了温暖祥和的安居之所

胡
平

富美帽饰博物馆赋

稽古帽饰千般，时风万状。惟富美之所藏，聚古今之趣尚 [1]。各有形制，点缀项上风姿；绝殊规模，分明人中雅望。效花草之意态，绣采雕芳；拟祥瑞之神姿，嵌金描样。每见朱缨宝饰，遥想当年；若对古绣冠巾，矜怀清旷。或出品于精思，或得巧于良匠。历古今而韵存，实中西之奇创也。

斯馆帽饰罗列，今昔非遥。融历史之底蕴，藏时尚之风标。增顶上之风华，点翠斗艳；恰花间之逸气，曳锦鸣瑶。凤冠霞帔，显华夏之神采；族风时态，铭岁月而多娇。翠点帽身，嵌宝石于钿子；鎏金阅甲，耸铜胄之精雕 [2]。挡灾而纳康乐，帽范虎头；懋勋而配顶戴，花翎风飘 [3]。瓜皮寓天下一统，冕旒受四海共朝 [4]。白角八角，透人文之粹美；花帽礼帽，彰时代之清韶 [5]。已识鸡冠之状，犹

---

1. 趣尚：情致，风格。
2. 此句指馆中的点翠嵌宝石钿子，以及阅甲鎏金錾刻凤龙纹珊瑚顶插双龙羽铜胄。
3. 此句指虎头帽与顶戴花翎。
4. 瓜皮帽，有天下归一之寓；冕旒：王维有诗云，"九天阊阖开宫殿，万国衣冠拜冕旒。"
5. 此指白角帽，八角帽；花帽，礼帽。

见玉簪相招[1]。睹殊形之冠帽，闻遗响于步摇。

更彰寰宇风情，列国帽饰。唐顿庄园，虽朴实而雅致；迪奥羽毛，呈炫彩而飘逸[2]。绕浆果于圆顶，秸秆所编；间绣花以钟形，毛呢所织[3]。或饰孢子之头，或耸羽类之尾[4]。草帽有巴拿马之风，鱼皮透赫哲族之艺[5]。凝匠心于巧手，塑此馆之优质。风格各殊，品类比栉。寻一方之文化，顶上可窥；溯往事于发间，时光有迹。每行游于万里，有帽饰之可忆也。

昔者孙公托身帽艺，筹备多年[6]。访天下之胜壤，非惟帽饰；寻文化于名区，勇步前沿。至若发叉簪子，暖耳云肩。眉勒抹额，帽架俱全。冠帽同堂，纳古今于博物；殊形并列，聚中西而流传。创国际之一流，志何高欤；传知识于来者，善莫大焉。长葆初心，此正扬帆之际；腾翔志气，频书逐梦之篇。指来日而可望，开帽饰之新天！

冯亚东

---

1. 鸡冠帽，彝族帽饰。
2. 唐顿庄园，迪奥羽毛包头帽，皆馆中名帽饰。
3. 秸秆编浆果饰圆顶礼帽，毛呢绣花钟形帽。
4. 鄂伦春族孢子帽，及各种饰以羽毛的帽子。
5. 此句言各种巴拿马草帽，以及我国东北赫哲族的各种鱼皮制品。
6. 孙公指富美帽饰博物馆创始人孙建华先生。

88
POEMS

优秀奖

富美帽饰 以人文美学的形式践行冠带之礼

南通永和路 490 号，一座美学的立体构成
历史正了正衣冠，重新审视这些小而美的事物
一顶帽子，一个王朝

曦光落在洗礼帽上，这是 1995 年的藏本
时间倒叙，我又重新做一回婴儿

越是微小的，越需要细节
我指给你看的，都是静物素描的高光部分
那么精致，仿佛用尽一生的针脚

镶在指尖上的流年，有棉麻的手感
倾听钟声深处的蓝，飞出一群抽象的鸽子

这巨大的作坊，以匠心为轴心点
目睹一根帽针切入往事边缘，并将凌乱的风稳住
蝴蝶结，是美学的标本

背景，站着一位名叫孙建华的人

姚德权

此时，他正在叙述一顶草帽的亲民意义

正是这顶帽子，让头颅昂首了这么久
你可以忽略春天，却无法质疑一顶帽子的尊严
这唯美的标识，引领天空肆意地飞

那么多的帽子，总有一种款式适合出行
一顶帽子暗喻人生，以及一个女人的风华绝代

博物馆，历史证物的集中营
透过蕾丝的瞳孔，去追溯一个时代的契合点
值得怀旧的，都是旧相识

春光明媚，吹箫人一身峨冠博带
大风起，一位将军在词牌里怒发冲冠

小帽子，扣着大世界
人再高，也高不过头顶的帽子

顶上风景

在帽子上布局谋篇

需顶上的功夫。一朵花的山水

一根羽毛的深浅，一条丝带的写意

被风一吹，都会涌起千里洪波

用泛绿的雨，淡蓝的风

在帽檐上追星月，绘长虹

鸟一鸣，帽子上就有万物

开始生长，你就能听见琴声

东临黄海，西枕长江

在江南，南通是精品

在南通，帽子也是精品

可用沈绣为唱腔，用蓝布印花为台词

舞出一道顶上的风景

冯玥瑛

头顶斗笠，风雪归来人

逆流而上，头顶斗笠

独钓寒江，问候一场大雪的来临

打开耳朵，听见雪落心灵的天籁之音

那是从天空走向大地的温柔节拍

雪最先落入大山的双肩上

最后扑入江水之上的辽阔怀抱中

一片一片的雪白抹掉春来秋去的痕迹

那顶斗笠扛起万里而来的长风

千年之雪埋没不了的孤独与沧桑

寒冷并不是想象中那么更冷

只因为还有仰卧风雪的老翁

斗笠之下的烟火气息飘荡大地之上

一身蓑衣隔绝了温暖与寒冷

感谢上苍赐予的冷暖，读懂寒暑交替的炎凉

一顶斗笠置身红尘与桃源

手是昼夜，翻阅日月星辰的悠长岁月

这铺天盖地的雪是厚重的宣纸

力压千钧的文字纵横在茫茫原野

无边无际的苍茫包裹大地健壮的身躯

一腔涌动的热血召唤着斗笠之外的春天

我想再一次独钓千年之前的雪

把自己收藏在那年那月的风雪中

仰望天空的斗笠，问候远方朋友

遥远归期，抬头只为千万次重逢的喜悦

李文毅

寻找一顶帽子

不要说你觉得冷，你可以说我需要一顶帽子
不要说你是个贵族，你可以说我有许多帽子
不要说你觉得羞愧，你可以顺便戴上自己的帽子
你可以说，哦我习惯了戴帽子，我是一个有许多帽子的人

绅士的样子，淑女的样子，贵族，官员，赶车人
仆役，荡妇，做鞋匠，诗人，乞丐，牧羊人
你只要戴上自己的帽子，便已奔赴了自己的角色
帽子会说话。关于你的一切，帽子会替你说出

活着就是在找帽子
你想想看，是不是这样：
一顶顶帽子，草帽，羊绒帽，藤编帽，棉线帽
高帽子，绿帽子，矮帽子，黑帽子，都是帽子

顶戴花翎，紫铜盔甲，金冠玉翅，钻石皇冠，都是帽子
爱马仕，帽仕汇，路易·威登，盛锡福，都是帽子
太阳帽，鸭舌帽，卷沿帽，礼帽，巴拿马帽，都是帽子
有帽子便有椅子，有椅子便有帽子

有些人没帽子。有些人许多帽子
我认识一个人，一辈子只戴一顶帽子
与气候有关，与温度有关
与饥饱有关，与地址有关

你可能找不到一顶合适的帽子，也可能会拥有许多帽子
无论你有多少帽子，你只能戴一顶
行走人间，不过是为了坐下能有一张椅子，行走能有一
顶帽子
也许这就是活着的本质？

需要一张椅子，那是你可以坐下来的席位，立锥之地
需要一顶帽子，那是你人海中的地址，生长的标志

李晓琴

为帽子写首诗

· 1

"往舒适与诗意多一点
就抵达生活内部多一点"
每一款华丽璀璨的帽饰,都闪耀着幸福生活的光影

靓丽的事物终须确认,像这些斑斓的
名词,滋生了诗意的翅膀,给了生活另一种
隐喻和文化之外的预示

· 2

一顶帽子需要多少精神喂养
才不至于落寞、单调?在苍茫岁月中
天使汹涌,一顶顶帽饰飞进了诗意的传奇

当文明的蓝图插上了翅膀
当诗意的蝴蝶被一顶帽饰召唤
有多少幸福和典故偏安了人间

·3

冠服是历史长河文明的宠儿
生活能送来斑斓梦想，帽饰的高贵
也乘着落日回到乡情深处

而件件冠服如唔，人间多像一个花园
肥美的肉身涌现着灵魂的芳踪
长河和月影再不需要托孤于天下

王健玉

·4

头顶一件帽饰，就是一段历史
回到人间的身体。抵达绚烂的时代
就是让诗意在新的秩序中折返

对帽饰别样的眷恋
是历史文明孕育的最惊艳的诗篇
情自急，美自横，幸福自蹁跹

帽子

我希望有一顶帽子为我而生
从一间叫量身定做的铺子里走来
它的灵魂有整片天空那么大
可以盛得下我所有的惆怅

我想拥有这顶帽子
是毛线编织成的温暖
有帆布集结成的思念
抵挡所有骄阳与风尘
默默又无声的陪伴

我想，它和我一样
一定有着许多相似点
它是为我而生的朋友
倾听我日夜的悲欢
收集我脑海里的记忆

在那些我不愿抬头的日子里
生活织成的大网

把没有花的世界带走

而我戴着它
微笑着看着阳光下的点点滴滴
踏进一个花开遍野的四季里

王艺臻

富美帽饰，承载文化迁徙之重

· 1

是该给冬天一个说明，给夏天一个解释了
头顶帽饰之人，绝不是寒暑的怯弱者

出门在外的风霜雨雪，说有多轻薄就有多轻薄
掀起的裙裾不说，凌乱的脚步不说
连自己影子都扶不正的梁柱
却把千年的帽饰文化，一揽入怀
富美帽饰博物馆的辽阔如汪洋
一顶帽饰，就是一艘正在归岸的渔舟
摇桨的针线，缀饰的珠宝金银
都藏有一张历经沧桑的面孔

· 2

用古旧的礼仪，回应现代化厅堂的足音
一顶陈列的帽饰，就是一段回忆
也是一个正在消隐的王朝
王侯将相，仕女才子

俱为当朝盛世的见证人

至于山野蛮夫，落魄浪子
哀痛着，残喘着，苟且着
躬身蜷缩在历史有限的空间
凌乱的发髻如蒿草，一顶顶破帽怎掩得住潦草的命运

· 3

看帽饰，说帽饰，不小心就被帽饰填满了想象的去路
忽觉自己就是一顶被遗弃多年的帽子
依靠青丝苟活了那么多年
直到今日华发已生，仍不知晓
——世间有汉，无论魏晋
又忽觉头顶早已无帽饰的遮掩
被风吹去的，还有橱窗内不明的姓氏和身份

在南通，走笔传承与拓展的帽饰美学

再也没有什么山川能比宫廷和民间的帽饰
更能把我吸引——
这从泛黄长句中递来的时光段落
古风中流出的回声
历史与现代之间潺潺之水交融的美学
只有南通富美帽饰博物馆，可当此殊荣

没有一个人能像他们重新背起山河
背起，这苏醒的辉光
我目睹，一些来自古代面孔的渐渐复活
这厚重，足以使我进入梦中
我只有在南通人一次次陈述中靠近他们
切入，悬挂中不动声色的凝思
才能在　大鸟弹唱日月的南通博物馆
读出　被时光命名过的历史光泽

现在　凝视一顶顶散发气息的有限与无限
我懂得，这帽饰背后蕴含的意义
我在我的字典再也拿不出深刻的词

去诠释这不同王朝的相连

这时间中重构的聚集性的美，给我带来的震撼——

这遇见——这恩泽——

让我，成为一个辽远的见证者

一生中，一定有难以割舍的爱

穿透一个人骨头里的灯盏

我在南通博物馆写下一路的词牌里掰开时光

掰开，帽饰中洇湿的情感

这安慰的礼物，一份递给古代

另一份递给

承运并细作，拓展现代模式至臻的南通人

齐艳忠

每一顶帽饰，都是美学的苏醒

此刻：俗世不俗

奇绝的诗句，从一个人涅槃重生时滚落

那些被盛世典藏的帽饰

像星空里的时尚因子，光芒乍现

让厚重之美，成为一种永恒

一个个精美的帽饰，在细节中崭露锋芒

肉身呈现暖色调

像一幅手工的水墨丹青

从疏密有致的写意中走下来

这古典与现代皴染的揉擦

让我，在多元文化的投影中

把赞美的目光聚集

时光回溯——

历史的河流中一顶高翅铜鎏金女冠

自辽代蹒跚而来，撞击我的视觉

让悠久文化的检阅者

见证　一段美学的苏醒

总有一片，头顶上的高贵

穿透我内心的灯盏

这短暂的邂逅、欣喜的遇见

在帽饰博物馆

我的爱与它们散发的辉光

虽然，只是瞬间掠过灵魂的战栗

却让我陶醉在——

这唯美的难以忘却的文化空间之中

勾静

帽子说，或给发丝的信

你说你能让一个人的头发避开风头
你说你能让风撞见时，就像撞到了南墙一样
知道回头

你说你最早给头发写信的时候就用了
怒发冲冠和貌美如花

你说你不敢与"扣"和"高"这两个词合作
你说你站在一个人的头上
也就站在一个人的思想上

不管遮天还是遮脸，你的美和适宜都能迅速地
在头型上寻找边界，在执行中遵从颠簸
你满身经纬，你说经纬是秩序
你一生高悬，你说高悬也是秩序

当你回到一顶帽子的身份
迎着风向，声音，态度，美景……
时间侧目，我这个主人啊

却成了你的身外之物

帽子们还在诞生，帽子们还在被脑袋试戴
如果发丝是一个介质。你说你愿意听到
联合抗议的回音

向被你模糊过的面容道歉？
蝴蝶落于侧身只是为了一个好看的结？
当所有的风都放弃了对你的纠缠
你在给头发的信里写道：感谢你们
用千丝万缕举着我

冯艳华

印象帽饰

一座城为帽饰的血脉安家落户，将长江与黄河
流动的血液凝聚到一处，南北交汇，酝酿古今中外
肥美的时光，富美帽饰博物馆就是一颗搏动的心脏，跳跃
起承着帽饰的断代史和民生，触及历史的辉煌，也摊开着
历史的衰败，帽饰在一个又一个的王朝里聚散，喧闹，沉寂
展现万物的有序和节制。或者退回到一块布的纹路里
退回到丝茧中去，在蠕动的光阴里，柔与刚并蓄

为日子留白，在丝绸上谋生的人们，眼里的江山就是吃穿住行
就是与异域贸易，往来的驼铃声，承载着人们的希望
在一定周期里，我读懂悬挂在富美帽饰博物馆里的文物
它们像时间留下的印鉴，随时要为我们的文明盖章、落款
钤印五千年风物的乡愁。帽饰，从来不曾单一，也不曾
脱离想象的维度，它们垂直在劳动的路上，在贸易的路上

它们在沧桑的尘世足够灿烂。在谦卑中低头，壮怀中
飞扬，一顶帽饰的历史和变化万千，无法用野史概括
它们沿着既定的轨道，像一列火车有序地进站。倾心于
人间的悲与喜，苦和乐，倾心于一览众山小的目光

帽饰，在南通完成了一场烟火晚会，与所有唱歌跳舞的人
产生静电，我们震撼于帽饰里的传说和故事，感动于
悠长年代里的厚重感，也乐于被纯粹的往事洗礼
我们的言语在富美帽饰博物馆失声，心中的信仰顿时鲜活
这些不被祝福的帽饰，正在平息日子的骇浪，也为
生活的篇章作证，以一种具象化的存在来告知过去生活的浮沉

当它们不想在时间的海平面上激起水花，它们也能平静地
在富美帽饰博物馆里坐镇人间的四月天，也能抚平千重浪
穿过简史般的叙述，让人们认知帽饰生生不息的跫音
随时可能隆重降临在我们的生活里，成为我们不可分割的一部分

黄清水

太阳为我加冕

轻捻细丝

系上结

一头连接过往

一头伸向远方

历史把岁月编织成最美的礼帽

遮住了喜马拉雅山的雪暴

遮住了西伯利亚的风霜

遮住了黄土高坡的狂沙飞扬

遮住了海上的高浪

也遮住了太阳

来吧，

扯掉头上的束缚

昂首向上

少年的背脊在山顶伫立朗朗

结队的海鸥迎着风霜奔赴希望

黄土拍打着落叶让它回归家乡

群星升起在大海之上

去吧，

向着太阳的方向

肆意生长

往黑暗中冲去

只为身后有光

头顶戴着的不应是束缚

只能是加冕路上的勋章

葛陈芹

帽仕礼赞
——写在南通富美帽饰博物馆

这里，是全球极品帽饰的藏宝殿，

这里，是引领帽饰文化的大观园。

琳琅满目的特色帽饰，

见证着历史风云的时代变迁；

缤纷多姿的时尚帽饰，

凝聚着古今中外的不朽经典。

帽仕汇，奔涌深邃思想的源泉，

帽仕汇，演绎美到极致的理念。

全国十大品牌的崇高荣誉，

堪比奥斯卡奖的夺目惊艳。

神州大地的行业圈，

风靡着南通帽仕汇的产业链；

国际地图的坐标上，

闪烁着南通帽仕汇的高光点。

传承孙子兵法战略谋篇，

胸怀建功华夏卓识远见。

从唐诗宋词里激发创新灵感，

在时空交错中奔向理想彼岸；

从世界名著里构建美学梦幻，

在中西融合中灵动时尚波澜。

啊，帽子虽小乾坤大，

志尚高远天地宽。

啊，帽子有情格局大，

卓越情怀永不变。

看，又一片崭新的帽饰文化创业园，

雄立成江海明珠上的璀璨顶冠；

听，又一次嘹亮的时代冲锋号，

激励着富美儿女卓励奋发，一往无前！

鲍冬和

写在南通市富美帽饰博物馆的抒情诗

克丽斯汀·迪奥说过：

"如果没有帽子，我们将不会有任何文明。"——题记

·1

在时间的原野，邂逅这些芬芳的花冠
你和它们之间，犹如隔着时间的星丛
你仿佛在变轻，透明，俯视，你仿佛
爪子沾满金黄花粉的蝴蝶

你说不清这些帽子凭什么如此吸引你
但你知道，它们和你有关，你想象
这微凉的罗马战盔下闪烁着怎样的
一双眼睛？那高翅铜鎏金女冠
被有着怎样妖娆面庞的辽国女子所佩戴？

·2

在博物馆浏览，如同置身于金黄的蜂巢
时间之蜜以你无法拒绝的形式馈赠

你爱上它们，从清代银点翠七凤冠

再到一顶奎拉草编成巴拿马草帽

你乐于接受这美与爱的互注

仿佛阅读一枚枚小词语：荷包、暖耳

云肩到白吐马克、再到"卡勒帕克"

你读时，你像花蕊，你感受到一种围拢

你会想起策兰写给巴赫曼的诗句

"我们从果壳剥出时间，教它奔跑；

时间又赶快回到壳里。"

梁文奇

·3

在博物馆展厅，犹如走进森林，你发现

偶尔有露水，滴到你的脖颈，那稀世的清凉

让你深深地思考，美，到底是什么？

这原始的，野性的自然之美，像有弹性的诗句

从平庸的生活中凸显出来，它让你扼住你

身体里的刹车片，让你慢下来，矮下身

如同凝视阳光抚慰豆蔻，如看向日葵的头颅

看虚掩着脸庞的蘑菇，它们用小小的帽檐

给你一个黄金分割点

以腾飞的梦想起誓——献诗富美帽业

以腾飞的梦想起誓
这是源自发展的力量，没有哪一种豪情
能被喧嚣埋没。没有哪一种步伐
能被时间阻止。在二十七年创业历程中
本体已被置换。巨幅富美帽业海报
定格高质量发展的新时代背景

蓝图纲举目张，未来隔岸相望
智慧为南通帽业插上腾空的翅膀
产业航母，迎着改革大浪加速巡航
政策为舵，文化为帆，资金为粮
在创新驱动战略的行业血脉里
新材料，新工艺，新装备
为新型帽饰的研发制造
注入艺术质感的全球标准

以腾飞的梦想起誓
这是源自信念的牵引，勇气舞动长风
业升级的接力棒传到开拓者手上

驱动创新加速器，招展中国创造的激扬

在劲风中倾听，创业号角多么嘹亮

吹彻创业者的血性阳刚

闪亮的帽业产城。火热的双创高地

在火辣辣的热望中绽放灿烂容颜

帽饰博物馆的铜管，工厂流水线的和弦

只听见奏乐的男人和女人

在盛世中国的强音中倾情合唱

智造主张随风飞扬，产业之花次第开放

晨光从地平线升起，帽饰穿上亮丽盛装

文化引领富美帽业的新时代征程

像光线穿透历史册页，无限伸长为诗和远方

林文钦

历史，在一顶帽子上复活

每一顶帽子都是一段人生

虎头帽下的一声啼哭，惊醒了春天

各式各样的帽子开始攒动

历史的齿轮也开始咬合、旋转

厄瓜多尔的爵士帽漂泊到欧洲

淘出寻金的热潮和一座座金山

欧洲花园栅栏上的蔷薇刚把胭脂抹匀

大朵的绢花就开满帽檐

阳光下，装饰的羽毛飘逸成云朵

搭乘轮船，抵达东方的海岸

在这里，帽子有了更多的可能

坚硬的，锻铜镀金，演绎一段铁腕

柔软的，截取翠鸟最亮的宝蓝

把天空的一部分戴在了发际

还有一些，收集春天此起彼伏的鸟鸣

采撷茅草最柔软的一段

合着月光编织，把小桥、流水、炊烟

编成经纬，赋予几株枯草死而复生的奇迹

最妙的是色彩艳丽的虎头帽

大红和大绿相互碰撞

碰撞出一双炯炯有神的虎眼

还有一对虎耳，在风中立了又立

几千年了，无数的母亲在夜晚

穿针引线，缝制出对孩子的期盼

在南通，无数的帽子涌向富美帽饰博物馆

场馆寂静又喧哗，放慢步伐

可以听到瓜皮帽的聒噪，洗礼帽的啼哭

西方和东方碰撞，过去和现在碰面

无数雷同的故事在重复演绎

无数历史借一顶帽子被陈列，被复活，被展览

金小杰

草帽上的小野花

我没有季节

丛生在田野

一大片庄稼地朝我涌来像一群臭汗淋漓的老农人

树林躲开火焰长出新叶

深入其中

五十岁后的我才刚刚学会耕田种菜

听人说写诗才可以信手拈来

蚯蚓也帮我松土

蚂蚁垒自己的窝

现在的乡村很少看到喜鹊

小时候的雪

也一直停在缺角的那一张扉页

偶尔飞来一只蝴蝶

油菜花开又谢

天空不再微笑

奔跑而来的火车

又来载我的粮食和诗篇

两手空空的人

头上也有编织的草帽

阳光猛烈

燃烧我的血

郭东海

山风吹打我那一顶乡音的草帽

童谣清晰。流行在农历的山涧
蒲公英驮来阳光的草莛
每一枚鲜活的朝露喂大乳名
方寸恩荫，滴水藏海
峰岭再高，只为帽檐音译

沾满青涩的月光，拔节山村和静
老树是一顶世代单传的草帽
守着日子，送别进城拼打的背影
庇护不被雨水打湿的归期
笔直走不出村口的 43 码跫音

远望蛰伏戌时，夕阳拉长帽翅的距离
混浊的目光荡漾不老的风铃
收敛落叶隐喻、解救窗前岚烟
万家灯火讲述着编织生平的半径
此刻老酒弥香，一帽顶天

行走在祖籍的清风稀释轻浮

不必遮盖的云朵落地绽放

蜜居在破草帽下的种子，拽回春天

来自喇叭花的歌唱，雨巾风帽

乡音防保至高无上的物景

钟志红

从帽子开始诉说

路过博物馆的展台

往来的人影错落

团团浓色挤满了双眼

排列的虎头帽

是飘荡了几个世纪的旧梦

那是关于生命的隐喻

被埋藏在宗族祠堂，家谱段落

一个个有姓无名的女人身上

大家路过又忘记

源远流长古老的罪孽

从来母亲的温柔贮满哀尘

是遗风，更是落寞

这片土地载满我心血的江河

永远被故里牵绊着我的选择

从经年的磋磨中

满目的绣片凋零

谁还能找到当年的母亲

我细细推敲过帽子们的针脚

或精细，或拙劣地留下这些可爱的祝愿

终于有一天我选择了原谅

在时间的长河中

从生命的厚度里

透着阳光飞舞的尘埃下

打捞起这无人问津的遗憾

古今无限，悠悠轮回

直到这百年的寂寥再被翻阅

人间的熙攘消融了它的霉气

又重新希望着被一个母亲抱在怀里

贝慧慧

在富美博物馆，采撷帽饰之光

· 1

在一个衣冠上国，绵绵不息的帽饰之光

照亮历史文化的悠长通道

也让我们自由穿越苍茫时空

触摸一个个风云时代的审美与风情

把祈望与梦想，顶在头上

是人类最堂皇冠冕的发明

无论帝王或平民，都会得到帽饰的庇佑

回忆或怀念，让帽饰回到生活之上

成为崭新的预言与传奇

· 2

在富美博物馆，帽饰留下美名

也留下晴朗的线索。戴它的人去了那里？

头顶小冠，长须、束带、长衣的孔子

毕恭毕敬地向老子求教，身后陪侍的弟子

颜渊、子路、子贡等人青衣飘飘

把一卷求雅求美，文质彬彬的君子之风

送过苍茫时空。多少佳话韵事，在帽饰上加冕

飘逸洒脱的幞头，吹起盛世的哨音

玄宗的幞头在摇，李白的幞头在摇

气度雍容的大唐气象，在一顶帽子上蔓延

·3

在富美博物馆，采撷帽饰之光

仿佛戴着帽子才是安全的

在现实与梦幻之间，帽饰是人与头顶上的

宇宙之间，神秘的使者

文雅倜傥的东坡巾，隔开天上的阴霾

让旷世豁达的居士之风，惊醒一个乱世的美好

空间距离，被一枚精致的帽饰拉近

一顶蕾丝绣花博尼特帽，衬托着西方女性

优雅迷人的气质。一枚小小的帽针

精巧、实用，修补生活中缺少的部分

一顶双面虎头帽，在我们心里狠狠咬了一口

孙大顺

帽饰的情书

想化作你生命里一片雪花

静默在天空之下

乡愁之上

远行的舟借你的青丝停泊

舟下深沉的海倒映我的轮廓

俯下身，亲吻你发梢的檀香

李郁园

想陪你看遍南通的山和云海

叩问古老的岁月

灵巧的手编织思绪万千

听风而饮，枕月而眠

城市的霓虹入梦

想装饰你今天的幸福

当归途的鸟儿肆意叫醒了春天

你与风景的界限开始模糊

我是阳光下休憩的游子

洒了一口袋花瓣

甜了一地时光

帽饰物语

在这个世界上，在我们身陷遗忘的地方，

我们只是此刻的我们的投影。

——佩索阿《在这个世界上》

·1

时光缓慢，那些展陈的星星：

金银、丝缕、衣冠、盔帽、宝饰、暖耳

而落尽人间沧海或宙宇，像时间

的沙漏，穿透历史织锦的冠冕，惊起

一阵阵鸟鸣，而人间熙攘，在此

静候一顶顶帽饰，装点了整座森林

·2

内心，震撼于这些装饰之物的博美

在包浆或润泽里闪亮了世人的

眼神，或遇见一生恰当的契机，从一顶顶

帽子开始，采撷历史的花纹，或从

低处的光影再次醒来，像每一颗星辰

王超

都涌向人间，叙述璀璨过往……

·3

或被时光赋予长久的内涵，从

文脉里刻镂箴言，像掠过头顶的风暴

我看见鸟兽出没，花朵绽放，我

看到更多的帽饰，在南通市富美帽饰博物馆

里展览，历史、时尚、人文、精神

抑或每一个人的头顶都有一顶"帽子"

是向上、向善、向美顶礼与膜拜

·4

"遂古之初，谁传道之？"

或一代延续一代的风格与范式，保持

比帽子更高的仰望，而历经沧桑

或在历史的长河中携带各自命定的礼乐

又在世俗中成为压卷的绝唱

·5

总有一场集合或洗礼，遮住世态

变迁，抑或那帽子里的回声

唱出时代交响，是帽饰在头顶的驰骋

还是想象？而两只审美的蝴蝶从博物馆里

飞进飞出，一只是传统，一只是

现代，它们被时光彰显又雪藏……

富美帽饰，镌刻人文和风月

纹饰之精美，显影工艺的譬喻，括展岁月的
卷轴。一片热土的沉淀，冶炼辞赋和诗词
智慧和汗水层层累加，流淌着现代时尚的倩影
南通博物馆的润光，汇聚历史盛大的典藏
人文的脉搏鼓动，于风雨洗礼中矗立起高峻的风度
逾越了变迁或磨砺，于静寂的月色下，诵读赓续和热爱

帽饰传承，或人文景观的叙事，于风华的谱系里
研习古典的服饰哲学，和朝代的审美风雅
于儒雅的修葺中感念一场裂变，细致的雕饰
融入了新潮流的羽翼，传递出南通大地葳蕤
的新话题，时尚的美学，在街头巷尾延展
青春与活力，已成为崭新而闪亮的名片

灵动的帽檐处，萦绕人文的炽热情感。如同
丝绸和瓷器的细腻，倒映为地域特色的线装书
一页一页解读深刻和博大。守正创新，古韵新唱
帽饰编织蓝图，文艺振兴的扉页上，顺遂了
天地的思虑；古人的祈福，后辈的追溯

于南通的史册中，回环人家、山水，或质朴的眷顾
我捡拾，或珍视一枚枚诗韵的帽饰，以形象的纹理
拓印斑斓的经卷，在工匠赤心的锻造中
书及一座古都的磅礴或辉煌，以及一件服饰的传奇之旅
亦可收纳一阙山川的高远，一朵文饰的绽放和摇曳
畅通生态和旅游的康庄大道，划开工艺的
蓝色梦境。点缀成一种圆润的修辞
提升了幸福新生活的色调和指数

我远远地望见，南通帽饰博物馆里姹紫嫣红的春天
那缀满诗意和温度的刻纹，正向
五湖四海的宾客发出邀请，而身后无边的
幸福的荡漾，被烟火人间又一次珍藏

叶文宇

头顶微宇宙

飞鸟从帽檐疾旋而过
一抹微云摇曳，眼波泛动
游走在士大夫的黼黻文章间窥见峨冠巍巍
在儒家的钟鼓琴瑟中文质彬彬
在寒流中挺直腰身，赋予虚怀定力

殿宇中，长翅帽在羽翼交错中窃窃私语
县衙里，高悬的明镜烛照着乌纱帽上的微尘
朝堂上，玉旒串起万里山河和江山社稷
竹林中，幅巾的素雅映衬着魏晋的不羁
军营中，羽扇轻摇出妙计，纶巾下儒雅风流

蓝翎向花翎行礼，帝冕睥睨四方
大檐帽下的刀光剑影，切云冠的富贵气象
巾帼下不让须眉的期许
蓑帽下风霜雨雪雕刻的面庞

把帽子轻轻戴上，可见万物首尾
混沌中见出清明，恍惚中得以心定

在郁郁的典制中做一个如切如磋的君子

头顶宇宙苍穹，脚踏草木万里。

章幸婷

每一种帽饰都是发表在蓝天白云下最亮的作品

· 1

每一种帽饰都是情感的一部分，在流动的山和写意的风之间
对于美和时尚，对于山水草木的虔诚，对于权力与欲望
无时不在释放一种超物质的支撑，沉淀一顶帽子特有的秘密

似乎，一种帽饰，穿过风云、雷电……可把所有的寂寞盖住
似乎，一种帽饰，恍若一条奔涌不停的河，缓慢地走过生死

爱奴役爱，当一顶帽子挽起一种帽饰，公开时代最好的抒情
多少匠心，便在计划与憧憬的眼神中，把帽饰文化认领一遍

· 2

每一种帽饰都是智慧的一部分，仿佛一个个理想主义的春天
充满喜悦的生命，扑腾着阳光
裹着大地破冰的河流，以透明的方式，引领时代发展的浪潮

在每一顶帽子中，寻找历史的风尘，沉淀为帽饰文化的秘密
在每一种帽饰里，守望风云，每一刻都是对爱的创造和解读

没有帽饰是不值得留念的，甚至每一种帽饰上被吹过的清风
你会满心畅想着，活到每一种帽饰的比喻里，时代里

· 3

每一种帽饰都是时代的一部分，这恍若蓝天白云完美的接榫
俨然看不见的魔术，听不见的私语

在所有距离之上，当山河的流水和时代的灯火，在构筑秩序
如果把帽饰文化提炼到一个人心里，我愿是她情感的一部分

帽饰之上，天空犹如灵魂的悬梯，有蝴蝶穿插，有蜻蜓抵达
多少美妙的事物，紧紧拽住我的衣襟，我的心灵，我的魂魄
此刻，那就让我永久地活在里面
为帽饰的纯粹而彻夜不眠，捧出新时代的酒，设下最好的坛

谢清华

调笑令 · 咏帽（新韵）

竹笠，竹笠，
挡住滂沱雨密。
茫茫草地不停，
步步走出日晴。
晴日，晴日，
自此全新天地。

梁柱生

在南通，帽饰是女子们上好的春色

在南通，被张謇经纬过的民国是老熟的酒香
足以让天下家纺们一见倾心，仰视
状元的才情，不止于让满卷清气归于流水，共和
还要于实业处笔走偏锋，兴邦，壮心一枝如画

帽饰的南通，通丝麻的佩巾，通布帛的暖耳
通薄縠的纱帽，通鎏金的冠冕，通巴拿马的草帽
通印第安的鹰羽，通春秋，通四海
通踏遍青山未老民风，通求索臻美的无极之路

在南通，帽饰是女子们上好的春色，适宜
遍植竹枝词的爱情，连同世上所有美好的事物
盛唐丰腴的画风自她们如丝的细腰上滑过
全球通的时尚风向随即引爆又一轮美学浪潮

在南通，张謇桑梓过的家纺早已成荫，参天
譬如朝暾，譬如家国，譬如初心
男人们用状元及第的放达匡扶又日新的产业
经天纬地，河山万里

张贵彬

爱之帽

要参加演出了
爱人用格桑花编个花环
亲手戴在我的头上
有了爱的底气
我登上舞台
高声朗诵生如夏花之绚烂
死如秋叶之静美的诗篇

记得恋爱时
爱人第一次送给我的礼物就是顶凉帽
帽子里有情有爱
有说不完的悄悄话
它瓦解了我的矜持
使我沉沦在爱的伊甸园

三十八年如水而过
我的衣柜里已有爱人送的很多顶帽子
爱以帽子的方式
不停地落在我的头上

夏天的凉帽

为我遮风挡雨

冬季的裘帽

为我抵御霜寒

如今　已是花甲之年

我知道该数数爱人给我戴过多少次帽子了

数着数着，我又变成青春少女

抚摸一顶顶帽子

我的眼睛湿润了

这次我戴着帽子，爱人的吻痕在我的皱纹里闪着光亮

任时光慢慢成河

听风来　听雨去

不知道他还能给我戴多少次帽子

杨丽

帽子戏台——富美帽饰博物馆

王侯将相，平民百姓，都聚集在这里

高低贵贱，成了象征，成了过往

虚待着一颗头颅的心，终于放下了

放在精致的帽架上

但内在的空缺无法再填满

想念的温度，也不可再得

一双手捏出的褶皱，再也无法抚平

正如利刃划过的痕迹，和破洞

磨损的缨络，再也无法连接

但也无所谓了

再也不会有意外的雨水和炎炎烈日的光顾了

再也不会突起一阵大风，把它们吹落到想去的地方了

橱窗里，它们是一群繁华落尽后的智慧老人

假寐，旁观外人的指点

最深的夜里，它们搬出回忆，感叹

平添孩童纯真，男人气度，和女人柔美的那些岁月

和装饰过的纱缎，鲜花，鸟羽一样

那些打造过，编织过，刺绣过，佩戴过它们的人，也一样

都化作了尘埃，有些回到大地上

有些深入它们的血肉，经纬，金属的骨头

埋藏了最初的色彩

那些橱窗外的后辈，是它们触不到的子孙和新鲜空气

让它们羡慕，又微笑

古老的和现代的两股时间，相遇，冲突

又融合成一个奇异美丽的空间

等待天亮时刻

等待一群人的到来

缅怀，或者，爱戴

胡艳君

帽饰与向日葵

你走来，我走去
你向东，旋又向西
每一日，每一个身影
尤其是帽饰表现的
或歌或励或唱或响，都是
一个个向日葵

在这一个个向日葵的"发展"历程中
每一份虔诚
和每一个向往
都饱含这世界的
过往
与一次次的未来

这世界的帽饰，大约多于或等于这世界的向日葵
向日葵的影子
仿佛装饰着，或刻意掩饰
这世界的一个个阴影

帽饰的今天，比昨日的向日葵

多吗？

一个向日葵有一个影子

一个影子就有一个生命

齐庆伟

蒙娜丽莎为什么不戴帽

帽子

戴在头上很轻，

像云；

摆在博物馆很重，

像鼎。

游人的脚步很轻，

像踩着一顶顶的帽子；

他们的惊叹很重，

砸得时间也退了几步。

我仔细端详

这小小的天空之城，遐想

你吻过谁的额头？

你拢过谁的秀发？

你是否需要一面镜子？

你又在等待谁的欢颜？

一块方巾，站直了

像宽银幕，

一个皓齿明眸的古装少年

迎面而来。

当然，

时间最善于盘点，

他知道

每一顶帽子

都是另一顶帽子的亲戚。

而我

想知道，有没有

这样一个邮筒？

帮我递一封信，问一问

蒙娜丽莎为什么

不戴帽？

钟永辉

一眼万年的顾姑冠

当我在富美第一次看到顾姑冠，

仿佛邂逅了千年的恋人，

那累丝鎏金高冠上面，

满是镶嵌着红玛瑙和孔雀石，

那乌黑浓密的长发，

充满了神秘的异域风情。

顾姑冠，

那沉甸甸的重量，

显示出了马背民族的勇猛和彪悍，

闪现着蒙古铁骑横扫欧亚大陆。

顾姑冠，

精细的龙凤花纹，

又彰显了游牧民族的精巧和细腻，

映衬着草原儿女的粗中有细。

电光石火间，

我像穿越到千年之前的蒙古王朝，

辽阔的草原，

成群的牛羊，

我策马奔向遥远的北方，

寻找那心爱的蒙古族姑娘。

当我来到金帐王朝，

你是一位高贵的公主，

身着华丽的拉午锡格，

头束高贵的顾姑冠，

含情脉脉地向我走来……

当战鼓和号角再次吹响，

我也再次惊醒，

回到钢筋混凝土的城市。

彼时的我，

经常会徜徉在富美博物馆，

凝视那顶高贵的顾姑冠，

我的内心也会躁动，

因为向往着自由，

和那无边无际的草原……

李飞飞

帽

一顶帽子

它不声不响

却知道很多秘密

但从不需要找树洞倾诉

它寂静欢喜、沉默不语

它始终如一、守口如瓶

风，想把它掀翻在地

雨，也对它不怀好意

阳光，对它严刑拷打

心高气傲的它

永远高高在上

哪怕身不由己

无论主人是什么样子

尊贵也好，贫贱也罢

认定了，它就不离不弃

从一而终是它的本性

它是身份象征

它是华丽装饰

它是遮羞工具

它是守护天使

如果可以，你愿做皇帝的新衣

还是，一顶善解人意的帽子？

温暖贴心，恋旧长情

不悲不喜，冷暖自知

守护秘密，不顾生死

陈天鸣

一顶帽子，承载起世间的千姿百态

· 1

远远地看上去，帽子像一只展翅欲飞的鸟

在人世间，惹人驻足仰望

一顶帽子，无论华丽还是简朴

戴在头上都有着无限的暖意

形形色色的各种帽子，总令人无所适从

一个准确的尺码，却不一定有着精彩的一生

低调踏实，志在千里

帽子一生的风骨，在于它的下面有一颗高昂的头颅

而高高在上的帽子，总是容易招风

令多少荣华富贵，转眼成空

· 2

有人喜欢别人把帽子戴在自己头上

有人却极力挣脱帽子的拘束

一顶帽子的前生今世，谁又能读懂
无论贫贱还是富有，帽子总能抚慰一个人的一生

有人总是用帽子的重量，来称量人生
穷其一生的追求，最终却是被帽子压弯脖颈

帽子的上面是天空，下面却不一定是人
沐猴而冠，贬低的却不是一只猴子

李洪振

· 3

更多的时候，帽子作为一件装饰品
是妩媚、妖娆和刚毅、勇敢的化身

无论是嬉皮士，还是稻草人
生活如戏，需要一顶帽子来拔高自己的人生

在人与人之间，互相送帽子
但只有王者，才配得上拥有这份殊荣

生活如一场大戏，各式各样的帽子粉墨登场
帽子如人，在不断的转换中完成使命

若有若无，每个人都顶着一顶帽子行走在江湖
人生苦短，能够本色出演才是幸福的一生

帽子的哲学

真的
并非瞎说
小小帽子
也蕴含着哲学

有人矮小如蚁
帽子却高得让人探不着
有人峻巍犹山
帽子则小得近乎于没

有人富得流油
帽子不见得豪奢
有人空困潦倒
帽子却遮住耳朵

有人高高在上
那是帽子的拉扯
有人成为无冕之王
则是众望所归的角色

乔瑞

有多少人期盼帽子

为帽子拼死拼活

一旦得到帽子

则如临深履薄

当帽子轻如发丝时

有多少漂亮的冠冕被风吹落

当帽子重若巨鼎时

又把多少人挺直的脊梁压折

有人脑袋还在

帽子却不见了

有人帽子还在

脑袋却殁了

帽子本无贵贱

看在谁的头上戴着

帽子亦无优劣

完全看主人如何把握

当帽子遇见鞋子时

不应趾高气扬洋洋自得

不然鞋子的一个趔趄

一定会把帽子摔得痛如刀割

帽子的悲喜剧

各式各样的帽子戴在头上
有的隐形，有的张扬

有的人居高临下，高高在上
是因为一顶乌纱帽的力量

有的人成为无冕之王
是因为一顶隐形的帽子的光芒

帽子戴在男人头上为御寒
帽子戴在女人头上为装饰

农民的帽子简而薄，挡雨遮风尘
工人的帽子硬而坚，保命保安全

脱帽行礼，是对生者的尊重
也是对逝者的哀悼

定制的帽子，戴帽或摘帽

都能改变某些人一生的命运

文人的帽子，可高可低
高可过云彩，低可入尘埃

官帽决定地位高低
冬暖夏凉，适合头尖的人

商帽子决定贫富贵贱
贵重考究，适合头大的人

牛仔帽、凉帽、礼帽、装饰帽
压弯了多少挺直的脊梁

我不知道，自己的头
适合戴什么帽子

杨万宁

帽里乾坤

有的人

戴帽子　为了防寒

有的人

戴帽子　掩盖头顶

有的人

戴帽子　为了更像绅士

戴与不戴

头模棱两可

把选择交给了心

防寒的人　是贫寒的人

帽子就是严冬的火

掩盖头顶的人　是怕露丑的人

帽子就是遮颜过闹市的道具

更像绅士的人　不确定是什么人

如是绅士　无需帽子

不是绅士　帽子反而成了负累

无论是哪一种人

选择帽子时

先和头商量

能否承受帽子之重?

柳恋春

帽子的世界观

天底下，没有人比它拥有

更高的海拔

珠串、花翎、蝴蝶结、徽章……

这些人间至臻的溢美之词，配得上

被额上的阳光注视，被眉间的月色抚摸

这"头"等大事，顶上风流

但切忌张冠李戴——

一顶冠冕，可以和达官贵人同享荣光

一顶草帽，也可以和稻草人栉风沐雨

莫说流光、流岚、流星、流言……

帽子，它也有流浪倥偬的一生

有时身不由己

有时摇摇欲坠

葆有内心的定力，戴上或摘下

习以为常的两个动作

不必过度解读

做君子的第一要义是正衣冠，端品行

提醒天下的乌纱帽子

须切记脚下——

如履薄冰，一步一个脚印

唯其，帽子才会在头顶稳坐泰山

才能在朗朗乾坤印证天方地圆

陶少亮

通城帽饰，睿翁之魂

故乡春天

宛若淑女的格子裙

绽放在二月河畔

让人心醉的油菜花

宅后老榆树上的嫩芽

蓝孔雀头顶开不败的羽冠

都当仁不让地作为点缀

其实

出彩的古典版块

就是一幅藏风聚气的

城市拼图

她的最后一块

不是支云塔高擎的宝盖

而是举过古城额头

被称为通城帽饰

高蹈又虚无的睿翁之魂

蔡晓舟

帽子 帽子

你从远古走来

曾是特权和地位的象征

很多人对你只能是仰望

苦苦追求拥有你

你的层层变迁里

携藏着人们对官职的追求、权力的渴望

不知你目睹了多少梦成梦落的心酸和欢喜

岁月的穿梭

你又成了时尚的风标

达官显贵虽然不用你来证明他们的仕途

可时尚的前沿

依然是少数人扬得起的风帆

被装饰得繁琐精美的你

印证着那些时代财富追随的脚步

终于 终于

你落入了凡尘

你可以属于每一个人

夏婳

你可以出现在任何场合任何季节

你的功能也变得更加广阔

用来避雨　藏起白发

遮挡阳光　搭配衣服

全凭个人喜好和意愿

你从遥不可攀

变成了伸手可得

平凡却让你更加亲切随和

岁月的长河里

你和每个人都有了交集……

与天的交集

权力化为刀剑落下时

有人坚持帽子不能歪的准则 [1]

暮云沉沉的楚天，高冠以山姿

矗立汨罗江不沉的浮标 [2]

连接着天，也肩负着天

每天，怀着对众生的敬意

把社稷命运供奉头顶

作为活着时骄傲的碑铭

即使怒发冲冠的首级

以凌乱的恨意传遍金营 [3]

炽热的灵魂如骄阳

高悬人间延绵的正气

王星星

1.孔子弟子子路因卷入权力争斗被杀，死前要求先整理好帽子。

2.爱佩戴高冠彰显高洁的屈原，楚亡后自沉于汨罗江殉国。

3.抗金英雄岳飞被构陷杀害，作为议和筹码传首金营。

帽子的高度

帽似一朵花

从远古绽放至今

立于不败之地的意象

是灵魂的高度

沿着历史的长河追溯

高官厚禄，取决于官帽的饰品

有人攀上权力的巅峰

却根腐于足底

清风拂过卑微的草木

也连根拔起腐败的罪恶

女人痴迷帽饰的美丽

男人则善于经营头顶的光芒

纵观红尘，抛弃浮华

潜心读帽饰文化

试问：谁在黑暗的边缘

写一朵信念之花

清而不浊，让帽子有了高度

刘
霞

总有一款适合你

李传英

· 1

要保持着大雪天足够的神秘

风没有掀起来鸟儿的羽毛

紧紧缠住鸟鸣

几片雪模仿花儿的样子，旋转着飞出去

形似舞蹈的飞天

轻盈的没有骨头，落下来的动作

也是悄悄的

没有惊动站立在上午的这个人

他的黑帽子在身体最高处

没有雪花落脚

也没有被风撼动

一行脚印深刻，踏实

被眼尖的鸟儿发现，并适时提出质疑

"一定要守住帽子的位置

便于确定对方的身份和地位"

他不似稻草人的低调严谨

一边巡视麦田，一边挺直弯下去的脊背

·2

总有一款适合你

深沉，张扬，还是俏皮活泼

每一次驻足都是一个不同的你

从历史褶皱中流露出来的

帝王将相还是布衣钗裙

藏匿在帽子里的人扶正了午后的影子

又有多少波浪被新生的力量甩出去

最终还是选出属于自己的一顶帽子

简单，干净

可以抵御雨水也防御阳光

顺着自己的心意，完成一顶帽子

最终的心意

那朵开在头顶的花

那朵花

五颜六色

绽放了千万年

美了一代又一代

花朵下的人生

温暖惬意

那朵花

芽苞朴实

在漫长年岁里

汇聚日月星辰光华

一次又一次蜕变

光彩华丽

那朵花

亮丽华夏

百姓扎布帕

皇家用珠宝装饰它

官商拿它显赫

蔡金龙

闪亮寒冬

那朵花
美丽世界
式样奇特壮观
漂洋过海展现魅力
在头顶绽放着
一种文化

那朵花
千万年不衰
在头顶艳丽多姿
展示军人风采护卫安全
美好今天的生活
靓丽世界

帽子

戴上，是文人的雅韵

摘取，是绅士的礼仪

你能够给人带来肉体上的暖意

却未必能滋养空乏的心灵

你是柔软的、可爱的。

也是晦暗而沉重的。

像这样轻轻套在我的头顶，

冷风中，

似乎能和我融为一体。

你替我遮挡夏光、冬雪和所有肆意的目光，

相交处，

你似乎是我坚韧骨骼外展的化形。

在夏光、冬雪和所有肆意的目光里，

你拥着我的头颅，

我们紧紧融为一体。

陈榆欣

帽子

你是帝王的冕旒

俯瞰过万国衣冠

荣光照耀着士子们意气风发的帽檐

也赴过才子们的盛宴

将盛衰荣辱都凝成诗篇

然后化为史书中绚丽的云烟

你是农人头顶的遮挡

陪伴他们走过酷暑与严寒

也是伴着绿蓑衣的青箬笠

对着青山，饮过夕阳

还有一点最最令人艳羡

你曾在黑暗与硝烟中与他们并肩

行过草原，跨过山川

看希望被热血与忠诚浇灌

绽放出一个民族崭新的开篇

你呀

你亲吻着老者的华发

数过人一生的欢喜悲伤

你抚摸过孩童的发旋

期盼着此后一路的健康平安

你瞥见过少女的羞颜

品味过诗般的情怀

顶起了天的半边

你触碰着意气风发的少年

在青春中挥洒泼墨

展开新的画卷长篇

你呀，你呀

你从时光深处走来

陪伴着我们走向星辰大海

刘盼婷

戴着帽子去爱你

穿过世俗的风

冒着凡间的雨

我戴着一顶帽子去爱你

这光华闪现的帽子啊

我要戴着她，像顶着一朵明媚的

丁香花，默默地走进你盛大的

春天里

我要戴着她，像擎着一只温婉的

小橘灯，悄悄地融入你清澈的

目光里

我要戴着她，像托起一只精致的

五彩蝶，轻轻栖停在你蓬勃的

思绪里

戴着一顶帽子

去爱你，我要让你未来的每一个

日子，都像鲜嫩的花瓣一样

柔软而美丽。戴着一顶帽子

去爱你，我要轻轻撷起你的每一朵
甜美的微笑，就像撷起满天灿烂的
星光和虹霓。戴着一顶帽子
去爱你，我要用心护住你的每一刻
安宁和欢喜，就像护住我们对春天的
向往和敬意

这繁华的
人世间，这不绝的
尘嚣里，我戴着帽子
去爱你
这春光闪耀的帽子啊
戴在头上，想着的是你
摘在手里，想着的
也还是你

李启发

一顶帽饰，就是一个女人最美的华章

不要因为年龄，而放弃自我
放弃对美好生活的追求和向往
热爱自己，就是热爱人生，热爱
世界。如果可以，一顶帽饰
就能够给我们带来
不一样的惊喜

时髦与气质，丰盈着温婉的
女人。一张白纸上勾勒的穿搭
轻飐思绪。五颜六色的帽饰
碰撞出的时尚，在寂寥的
寒冬里，悄然绽放
深入骨髓的柔软

一杯拿铁，一杯牛奶，抑或
一杯咖啡，都是活色生香的情调
一半是柔情蜜意，一半是
侠骨豪情。海水与火焰
锻造的品格，有着

无限张扬的个性

释放内心的优雅，做最好的
自己。一朵不依附于
任何大树的凌霄花
总是将颜色，大胆地糅杂
在一起。让热烈奔放
复刻浪漫与诗意

就像是森林里的一只麋鹿
懵懂着双眼，手捧一束鲜花
寻找来时的路。岁岁年年
让满满的仪式感，温暖烟火人间
一顶帽饰，就是一个女人
最美的华章

刘贵高

头等美事

一生，至少要与一顶帽子

相见，任她的美

从时光镂刻的巧手中

惊艳，融入岁月的养分

或平，或曲，或伸，或敛

或繁复贵重，或简约轻便

总有一抹流光，从心乡盈盈析出

于霜雪里抒怀，于骄阳下言志

在千秋万代、四面八方的思绪中

牵出最深情的一缕

高高昂扬。以材质、造型、纹饰和制作技术

勾成花儿，串起珠子，搭上颜色

描摹心里那个最美的世界

戴上她，就很美

可以是自豪，可以是鞭策，可以是修饰

终究，彼此成就

一个有了生命，另一个有了生命的升华

"礼"的诗意绵延
她的美，毫不掩饰地
展示给山川、河流和苍穹
完成智慧蜕变中，生命与生命的和融

杨凤清

头等美事

从头开始，在发丝上
戴上奇思妙想的帽饰
隐藏在帽檐上的珍珠
与时光对话

她说到过干净的菜地
到过高贵的宫殿
走过街头小巷
与艳阳海风一起舞动

覆盖的温暖，让我踏实又美丽
我尝试抓住这头等美事
让我的头脑与它相许
过滤了内心的苍白
在快乐里散发纯真的天性
我像一抹丰盈的水草
摇曳风姿

哦，我望着天与地

这穿越时空的帽饰

已占有全部的风景

金晓琴

姥爷的帽子

那是迟暮的灰蓝，旧云彩松垮塌陷

成为霜雪，炊烟与早熟星群的驿站

山渐渐矮去，老军帽凝固为山顶上的崮

代肉体接受风化，褶皱深刻，变成你另一张脸庞

只向着深邃沉默的内核忠诚谦卑地敞开

亮如雨丝的银发泄露天机，在岁月里越下越密

选个晴天，在劳作间歇，我会陪你坐在窗前

与帽子一起卸下的还有那些牢固沉重如楔子的东西

看你抽手卷烟，重新更换垫在帽子里的报纸

纸上你不甚明了，却逐一仔细读过的大词

被藏匿于头脑与布料之间，掺和油汗

经年醍醐灌顶，渗透庄稼汉潦草的一生

再次戴起帽子前，你郑重掸了掸灰尘

仿佛要重新敲醒盘亘其内的记忆

和因过分慈悲心软，不愿裸袒于外的体面与尊严

如今，你不必再担心追逐野兔时帽子走失于旷野

或携月亮掉落水井，它的气味开始变淡

它的同侪也在村落中日益萧条

当病疾缠身的你，把帽子收进衣柜，像作别老友

让我又想起，也许很久之前

那个孩童骑在你尚宽厚的肩膀，抱着你头顶帽子

借晌午招摇过市。你挺起胸膛，大步流星

向邻里无声炫耀这亲情的温柔冠冕

还有，帽子上下那两张相似的笑及眉眼

李浏清

"帽"美如花的春天

春天因为有了叶子的萌生

才盎然出向上的生机

因为有了花朵的绽放

才缤纷出了色彩的绚丽

因为有叶子的点缀

花朵的扮靓

才有了明媚的阳光

湛蓝的天空

这一切都泛着暖暖的温情

才让人陶醉于春天郊野的踏青

女人，是春天里流动的风景

她们一个个"帽"美如花地

妩媚着、娇艳着潋滟春风

一顶帽子是一种生动

一顶帽子是一番风情

精致地呈现出女人温润的品性

优雅地散射出女人的真善美

爱和情

花朵用色彩生动着春天

女人用"帽"美如花

生动着每一个季节

呼庆法

帽饰情

您虽然站得很高

却从不刻意炫耀

您画龙点睛不失风范

您风姿卓著，不论争奇斗艳

您不只是遮阳、挡风、避雨、御寒

您抚平老年岁月的沧桑

您赋予婴儿爱的温暖

您还给了童年天真烂漫

您让少女情窦初开、绽放春天

您让少年皎如玉树临风前

用青春点缀碧海蓝天

您让佳人绰约多逸态，轻盈不自持

您让男士惊才风逸，俊无止境，风度翩翩

您是老年情感的牵绊

您是婴儿和童年爱与温暖、快乐的摇篮

您是少女和少年的春天、春意盎然

您是佳人的情人、心心相恋

您是男士的红颜、一世情缘

由您装扮

冬天温暖

春天绚烂

夏天热烈

秋天丰盈、天空透蓝

一年四季都充满美的内涵

世界到处都是对美的盛赞

由您装扮

生活的四季都是春天

龚爱军

帽饰，爱的艺术作

一双手，它恋爱了

以牛仔、毛呢、拉菲草

作为灵感，

开始伟大创作

它说，谨以此作，

献给美丽的秀发——

我的心意珍珠一般纯粹，

羽毛一样柔软，

世界上每朵花，

都足够与其相配。

在每个寒风四起的清晨，

阳光热辣的午后

我的爱，都会坚贞地，

将你轻轻包裹，

为你默默守候。

赵璐娟

帽子的暗恋

我可以护着你

不论白天黑夜

你总有佩戴我的理由

隔绝阳光的炽热

抚平星月的清冷

我可以装饰你

不论容颜几许

你总有需要我的时候

落落出众，一顾倾城

温雅婉约，冷酷神秘

我也可以陪伴你

不论喜怒哀乐

你已经习惯我的存在

拉低我遮住眼帘

取下我掩面垂泪

或抱住我伤神痛苦

快乐时我是你扬起的高傲

杨超

难过时我是你唯一的依靠

请原谅我这个冒失的绅士
在无数个失眠的夜里亲手缝制
我知道我无法——
所以请手下这一顶
替我陪你到白首，至黄昏

受冠变迁史

黄厚斌

·1

如果你寻见礼籍，一切是从头开始。

成年的重量，将冠以心中的奔跑，

而非足下，一个孩童终于顶起

他具体的天：雨水会施在脸上吗？

还没等酒爵举起，赞官就要歌颂，

青丝如何经过沐浴，如何收束

所有的稚气，装载进新的生活。

·2

诗人谦虚，应当吟诵笔下的文字，

也记录喉咙递出的声音。神祇

会在该来的时候显圣，自脖颈之上

光芒托起各色的名讳。女神缪斯

将从水仙款步，订正祝词为美文；

正如阿波罗的挚爱已化作植物，

他赐桂冠，以包容皎洁的诗慧。

· 3

他国的统领闻到权力之香，油画中

战马昂蹄，踏平了半个欧罗巴，

和它永新的佚史。神灵的住处

已经空空荡荡，从别人的手

接过皇冠，不如自己加冕——

小岛流放时，君王握着落发

才想起：那是最骄傲的时光。

· 4

宋臣卸下乌纱，或者明将领受

出征的盔甲，几百年江山万里图

云烟散尽，映上凡俗世间的眼帘。比如

英伦少女的赧颜被遮住，琵琶轻纱；

客家茶农以麦秆与清亮的山歌，

织造一顶土围楼，抵御烈日、风霜。

人们的帽不必高大，不必承受虚赞

或者威严之重，它属于务实的美学。

在南通，与美"帽"相会

·1

人间烟火，展示是另一种形式

帽子、暖耳、眉勒、头饰

相逢于慢时光里的美学，这纯手工写成的顶上文字

从帽饰艺术博物馆，脱颖而出

倒扣的相伴，独领群芳

"如果没有帽子，我们将不会有任何文明"

我更乐意用一种童话般的语言

描述帽饰变迁的时代轨迹

张
威

·2

万物，自有法度，美也不例外

我头上的这顶帽子，它是通往故乡的路

饰物是乡愁的另一个索引

这可随身携带的不仅仅只是为了展示，而是美或优雅

戴上这好看又年轻的帽子

我的身体就突然噌的一下，又长高了一截

又如此刻的心情

美"帽"如花，像春天般荡漾

·3

顶上风采，也并非以多取胜

又如折梅寄远，花绽放地开在富美逸园

堆琼积玉里的一场相遇，你们不应空手而去

想与你共白头的帽子，我只想安静地看着，甚至

无欲无求。除了看你还要

把美，分享给世界

·4

远方以远，经过时光的小站

我携带一顶帽子旅行

芳华，不负美意。簪花之人活在美"帽"动人的默片里

露出的发梢，是唯一的一行

诗句，在博物馆的口中

有一个高频率的词，如果用蝴蝶振翅来比喻

这富美馆藏的帽饰之花

会产生蝴蝶效应

历史往往从头开始

最早的遮风挡雨，或许只是先民随手将可用之物置于头上

光滑的兽皮，美丽的羽毛

智慧顺着生活流淌

追求梦想，从开始就带着翅膀

直至文明也到了弱冠之年

从黄帝到皇帝的冕旒，摇摇晃晃走进市井巷陌

迎面而来的那些粗布帻巾，就是天下黎民苍生

每个人都头顶一片蓝天

放飞的思想，常常被各种制式的帽冠约束

有决定胜败的盔，还有高高向上的冠

有左右历史未来的分量，也有一块薄布包起来的贫贱

珠宝镶嵌在思考之上，等级地位也一目了然

将内心对这个世界的所有想法，恨不能都戴在头上

这样的行走，让历史有礼帽，也更加文质彬彬

纪洪平

131

富美帽饰，让美从头开始

·1

"彩帽飞扬""帽上花开""为未来收藏今天"……

六千个日子。五千件帽饰。1593 平方米

一个叫孙建华的人，一声断喝：走——

帽子、暖耳、头饰紧随其后，在公益路上浩浩荡荡

时空汇聚，艺术相遇。寂静也是一种述说

在富美帽饰博物馆里，帽饰，让美从头开始

·2

帽子是头的故乡，头是帽子的游子

——故乡空置、高悬，游子还在流浪

络绎不绝的头晃动。前仆后继的赤子之心晃动

乡愁晃动。坚守初心多年就等这一天

——你惊讶的眼神和赞叹的表情

让我的身体找到了丢失已久的一枚心跳

·3

低处的帽子，比如草帽、斗笠

接住了风雨、阳光、尘土、眼泪和汗水

高处的帽子，如花，似果

一个人就是一棵树，举起了一个个葱茏的日子

头颅沉重，帽子轻轻。头顶处

枝繁叶茂，花红柳绿。有无数蜜蜂和蝴蝶纷飞

何艺勇

·4

头等美事：汉族与少数民族一同灿烂

民间与宫廷同处一室。古今中外

各种材质演绎着五彩斑斓的往事和文化

头等大事：孟嘉落帽、龙山落帽……

帽子落下落下，人间的头颅抬起抬起——

谁也挡不住：2020 年一顶贫穷的帽子被春风吹落

· 5

这些年，头发渐稀，收藏的岁月依然郁郁葱葱
雨淋就湿、日晒就黑的中年迫切需要一顶帽子

这些年，口罩在跑，白衣褂在飞
把春天藏在手中，把秋天憋在心里
帽子引领着鞋子已攒足了劲，要让红旗欢飞

这些年，蓝天是我收藏的最大帽子。人间人头攒动

帽饰　播种文化的柔软与深情

·1

留在历史里的诗句是遗落的弹壳

万物皆有灵性

博物馆里　我听见帽饰的呼吸

陈雨欣

·2

百年之后　服饰依旧高贵

有一些风是必须经历的　有一些雨也是

我们无法借助外部的力量　让疼痛减少一点

没有经历风雨的帽饰不是完美的

斑驳是岁月的脚印

风吹不动人间　也吹不动人间的美

只是一次次　把落在帽饰上的灰尘擦净

把我们灵魂上的灰尘擦净

·3

海安花鼓散了　博物馆 1593 平方米的建筑

足以安放三百个疲倦的灵魂

它们继续使用爱装修爱　使用月光装修人间

帽饰是一个零件

·4

谁的光芒也不借　任何力量也改变不了

它对文化的坚守

岁月之上　最微小的一件帽饰

也是一粒子弹　把从人类文明飘过的黑暗击落

阳光没有边界

一声鸟鸣做成一根根手杖

·5

博物馆是一枚纽扣

缝制一件文化的外衣　此刻之后

多大风雪　南通也不会感冒。

·6

月光在月光之上　美好在帽饰之上

对于宁静的帽饰

无所谓生无所谓死　寂寞只是一种等待

如果博物馆需要一个位置

我一定把自己留下来

作为一件家具

南通：在帽饰中采撷辽阔诗笺

·1

"帽"美如花，也必然"饰"在必得！

每个人都是一座独具的山峰，接受无常变幻
那阳光、闪电、雾霭与冰雪，时而咆哮泛滥
困扰了多少浪漫的情怀
如果有一颗互念的心，执守着
岁月泥沙会被濯洗，时光就会变得无恙安澜

那一定是来自母亲手中的一件帽饰
一缕光的温暖，日的平安，月的思念
于是，在平凡里折射出的伟大真理
把无声的爱点燃。来自母体的烈焰
就在那帽饰博物馆的胸膛里洒向人间

·2

南通，被一个小小的帽饰文化推向高端
邂逅富美帽饰的山河与壮美

看到了从历史变换而来的

锦绣华章曼妙的美、良工巧匠浑厚的美

翠绕珠围魅力的美

处处彰显帽饰发展历史的风采

从民族帽饰文化的演变行进中

衍生的器物，历史渊源及传承的工艺

鉴证出 103 件美轮美奂的时代瑰宝

印证着时代标签

田
力

·3

从人类远古文明走来，帽饰文化

承载着岁月的激情和历史更迭与嬗变

小小的帽饰孵化的家国情怀、个人地位

及人文、信仰、多元文化的交融，一一呈现

以微窥大。拂去历史的尘埃

每一件帽饰都在山河倒转，五彩斑斓

厚重得像一朵雪域莲花，洁净而淡雅

向着温暖的人间一步步走来。一种美丽正从

南通的低处向祖国的高端处，扑面而来

富美帽饰博物馆，璀璨于头顶的桂冠

通向南通市永和路 490 号，也是通向一条历史的迷宫

帽子的苍穹伸手可及

帽子的美学映现着艺术和浪漫主义的璀璨

时间编织在精细的花纹中

一条河流萦绕着日月，世间不会有沉落的美意

也不会有消失的天空

头顶的桂冠镶嵌着晨星，密集着花香

浪漫的风情从内心走向世界

从世界走向内心

所有的梦境都在这里可以找到彼岸

大海的微澜也从帽檐上吹起

光阴的钟鼎始终用那些美与现实对望

湖水的镜子返照着良善

柔软于一顶帽子的赞歌是我们永远倾覆向那些

人间之美

历史的旋转在一顶帽子上找到支点

朴素和智慧都在打通着一扇古老的门

我们也爱所有的陈词，草木的围拢

丝绸的荡漾

麻布的流光……

我们爱所有的抵达和所有的到来

帽子的乾坤装下天空和大地

美和幸福都在同时诞生

形式和色彩都在建构着人间之爱

头顶上的羽毛也像春风涌来

翱翔和翕动着蝴蝶也会带着人类走向更远

虚无之中美捕获了所有的人心，我们有了更柔软的

世界

张楠

灿烂之中都是文明的史诗从一顶帽子到另一顶帽子

延伸，也像爱的燃烧

我们爱，我们深爱，佩戴或拥有都是思想的充盈

灵魂的加冕

帽仕汇，一个梦想腾飞的地方

咫尺之间，恰是穿越了时光

在这个绽放生机的春天

细数时间的刻度

向一顶帽子叩问时尚密码

每一顶帽子都匠心独运

分布其间的细致纹理

孕育平和柔美，更有洒脱恣意

阳光和煦，星月璀璨

一顶帽子释放着优雅活力

胸中尽是自信愉悦

无论颜色、质地或者款式

每一顶帽子都有一个梦

一个余韵悠悠的故事

流泻出直击人心的姿态和柔情

只需一步，就能无限接近休闲时光

我看见，传统与时尚在碰撞

经典与潮流正汇合

富美正筹划一场头等美事

从风云变幻里获取勃勃生机

闭上双眼，感知第一时尚单品

古意盎然或者潮流前线

富美人历经跋涉与艰辛

转动岁月的齿轮

奔赴星辰大海的嬗变

魏军

在帽仕汇，由一顶帽子索引

一幅辽阔的画卷上

是一笔浩大的写意

光阴从不会被误读，坚信吧

好东西永远在未来

富美博物馆让沉睡的帽饰醒来

· 1

沉睡的破布、碎片、朽木与烂铁

在富美博物馆认祖归宗，获得新生

见识到从头开始的文明

是一个时代、一个朝代的容光

一层一层的退却、变更

正如一步一步地走向明朗，走向大海

今天看来，那土得掉渣的

即是一种实用，也是一种高贵

冠以其职业

风来不冷，雨来不侵，人来朝拜

巴掌大的空间蕴藏能量

每一顶帽饰，布的、皮的、金银铜铁

都有它的气节，让人走向高处

从隐约，到冠冕堂皇

打捞出陈年旧事

看到石磨、木榖辆的年代

脱下它时，是深情的尊重

留下它时，是深情的纪念

·2

向大脑的每一根神经输送温暖、尊贵

庶民的头饰，帝王的冕旒，在这里醒来

见证年龄的增长，社会的更替

见证物质与精神文明的走向

世风日下，所有的面目

都被衣冠粉饰，失去了本真

要么是逢场作戏的道具

要么在角落里哭泣

初看只是废品，细看却是极品

在富美的金銮殿上站起来

君临天下，或者母仪天下

那个玩转"帽子戏法"的人，从风中走来

量子纠缠不知始于何时

直至天津，见到那顶古董帽子的一刻

他身体引发了地震

似裂开一道光，曝光了内心的秘密

或许还不确定自己是谁？从哪里来？

但他无比确定：要到哪里去！

辞职，开工作室，办厂，建博物馆，设中国帽子节……

一连串"帽子戏法"风情万种，眼花缭乱

仿佛看到一顶顶帽子打着旋，带着小惊喜

从南通富美飞向大江南北，飞出国门

栖在一个个有趣灵魂的顶上，荡漾

人生若只如初见。这种美好他做到了

一见倾心，再见倾国又倾城

近三十年的痴迷、坚持，让他的奇思妙想结成硕果

创立自有高端、轻奢品牌，收购意大利品牌

"好东西永远在未来"，为每一个出奇的设计寝食难安

为那个伟大的想法激动得冒汗

爱好当作工作、事业，是多大的幸运

把帽子情结企业文化推到极致：办杂志，开派对，学急救……

99 分尚有欠缺，100 太满，101 再出发

头等美事，顶上功夫，就不再是传说

而是上天眷顾，袅绕盈香的传奇和哲学

光阴奇妙若灵感一闪，走进博物馆

一件件古典的现代的民族的中外的时尚的帽饰顶着优雅，

含着深情

你会由衷感佩"帽子戏法"，竟有如此深厚的底蕴

此时不妨静下心来，倾听穿越的时间小语

竹影兰香，环佩叮当

依稀那个熟悉、陌生，又不羁的身影

正向我们款款走来

竺明山

帽饰博物馆的二重奏

·1

摘下一顶帽子，或重新戴上
有那么一瞬，一枚帽针轻轻穿过一袭烟雨
是谁为那个漂泊的人，搬来一把木椅
在帽饰博物馆，缓缓坐下来——

时光斑驳，风与云已经看老了一些事物
眉勒、暖耳、头饰，也都是老物件
它们本来的样子，只是想象力的开始
而后来，星辰大海与另外一个自己重逢
是故乡一词开了门

每顶帽子都似一条河流，从时间上流过了
一双巧手，我们看不到的棱角部分
像那顶辽代鎏金女冠，在岁月的眼眶内
隐含着重要身份

故事是古老的，无法一重重剥开
还原。而一顶巴拿马草帽

却指给了我们黄昏中的一个异国农场

农场主、贵族和信仰
一次被提及取决于倾听的必要
第二次被提及就是时尚之美
我吃惊于这些，轻易就向懂得的人敞开

·2
在帽饰博物馆
总有消失的背影突然转过身
像那个多情的人，在晚风中说些什么
湿润而温和的语言，从陌生的耳朵中离开
这，也是归宿的一种

往往越是神秘衍生出的器物
越无需追根溯源。棉布、丝绸
宝玉、绿松石，一件件围拢过来
它们一生的契机，紧紧牵着各自的影子

刘艳丽

帽饰，一场灵魂的艺术之旅

· 1

带着神秘的气息和温度，穿越时空款款而来

你用自己明亮身世，做了一场精彩的告白

帽顶、帽腰、帽身、帽檐、帽边

一点点，贯穿着思维与情感的编织走线

再用一个花结，点亮东方美学

草麻的天性，绒线的缀点，皮革的光芒

加上编、围、钩的工艺嵌入厚重的年代

或朴拙或华美，或曼妙或纤巧

留存岁月深处，闪耀着无声的光华

· 2

时光，镌刻着民族文化生命的密码

你是季节的一首唐诗、宋词

只需借一丝柔风，一缕阳光，甚至都无需

便填满关于美好的启迪

一顶帽饰的高度、宽度、深度

承载着无尽诗词之风骨

头冠之轻，存意之重

传统碰撞时尚，每一种纹样都是锦绣诗行

经典汇合潮流，每一系色彩都是斑斓词韵

·3

你的独特拥有强磁，让人无法忽视

柔软或硬朗，串连上优雅或个性的字眼

宛如世界温暖地立在季节的枝头

唤醒思想深处辽远的梦

一瓣羽毛，是一瓣时尚的态度

一簇花束，是一簇生活的馨香

一部帽饰手工简史，是一场灵魂的艺术之旅

呼吸着草木的气息，与一个人的心境完美交融

遇见你，足以让喧嚣的尘世溢满宁静

贺彩花

富美帽饰博物馆，历史光影里的简述

· 1

那些轻软，丝滑般垂下来

仿佛月色溶溶之下，达连翘托起一切

我不知该如何去描绘这衣冠楚楚的呈现

细腰是柔缎。氅衣的袖口遮掩了笑颜

而光，一寸寸从领口漫延

富美的名字，一闪，一烁

我看见一只盘扣系着风，也系着江南的烟雨

· 2

苍鹰的羽毛，是神性的宠爱

那插在发髻的点翠簪钗，早已穿透了世间俗事

不问红尘，亦不问"瓜瓞绵绵"荷包流落何方

或许，伊人梦见了一半月亮

另一半停在如意云肩密密的针脚里

那一刻，该封官晋爵了

顶花戴翎和彩云龙袍再一次加身，骑上高头大马

此时，历史醒着

长安街那么长，四周只剩下点翠旗头的流苏

——轻轻摇

·3

当熨斗内的炭火燃起，熨平了云裳的褶皱

那雕花木帽架悬着历史与沧桑

光与影打在铜钉甲胄上

龙纹还是那么明晰

而大漠的厮杀声，一浪高过一浪

将军，请你拔出大阅甲弓箭囊里的箭

西北望，射天狼

·4

虎头虎脑的儿童世界，那些印记响起一阵甜甜的声音

"人之初，性本善，习相近，性相远。"

暗八仙团鹤帽的穗子上藏着伦理

而福寿三多纹绣着美好愿景

所以，捶打敲击，只为揲出一份银质祝福

从富美帽饰博物馆开始，眉勒与暖耳已知晓它们的身世

在南通，帽饰上的风吹皱了时光

· 1

风的岁月，供养在富美帽饰博物馆，搓洗修辞
帽饰文化与帽饰藏品，在脚印里与时光打磨

帽子上的辽阔，抵达一片天，一朵云
历史与时代，传统和时尚，分娩完美结合

用光芒诠释博物馆的主题，枢纽传统与未来
风尚的帽子走秀，演绎顶上风采，吹皱了时光册页

· 2

穿越时空的帽子，把冠礼一世不变，留在华夏礼仪
复古的男子加冠之礼，感受古典礼仪之美
声音波折一代冠礼，把少年的意气风发装饰起来

一顶帽子，一把光阴，暗示风雨南通人
拾起中国传统文化，拾起帽饰文化，有了传承
月光响彻人间，种满孙先生二十年的收藏，陶冶沧桑

·3

五千件帽饰收藏品，在南通博古通今

富美的随和，富美人间，堆砌帽饰博物馆

帽子、暖耳、眉勒、头饰，装满几代南通史册

展出三百余件藏品，就是三百余颗词牌

缓缓装帧，如同一册帽饰的春风十里

点缀在中国文化，用一粒米和一粒盐，就此品味

·4

走进博物馆，走进帽饰，博大精深在呼吸

一缕阳光，反弹在手心的弦音

帽子展、彩帽飞扬、帽上花，迂回昨天、今天、明天

总之，为未来收藏，收藏一方福祉

把方言继续在风骨里，一字一字地读懂

帽饰的非遗文化，流淌在富美春天，人流如织

帽饰四重奏

有人看见万物葱茏，我看见的无非是帽子：
修竹，柳条，桑麻，山棕榈，荆棘，嫩箨，
木叶，花朵……巨大如潜藏的矿脉，微小
如风中的细草，威猛如虎，温驯如犬，连
传说中的龙与凤，都莫非冠冕、头衣、白接篱与青箬笠
的前世。
你所谓的天空，是一顶更大的帽子，打雷下雨，不过是
头脑里的风暴在涌动。

冠冕何其堂皇！世间熙来攘往，众生东奔西忙。你看见
名利场的竞逐，我看见的却是各式各样的帽子，河流一
样
交汇激荡。这炎暑寒凉的避难所，也是时尚风标、人情
的
温度计，接纳了峨冠王侯、巍冠儒生、黄冠高士以及
南冠楚囚，也鉴照弹冠的政客、落帽的前贤、戴帽的右派、
摘帽的贫民。
魔术的经典道具，让沐猴、饿虎、禽兽、木偶都可以因
一顶帽子而人模人样。

冠冕难以拒绝这一切，唯有注视着，无言而悲悯，知晓自己

才是那不变的东西。

帽子

甚至也来到语言中——从庙堂的奉天承运

指导思想，到江湖的足下、阁下、钧鉴、台鉴；

从阳春白雪的幸会，到下里巴人的你好和 Hello；

从却道天凉好个秋，到今天天气真不错……在唐朝，

人们说，冠盖满京华斯人独憔悴，虽同客衣色不染洛阳尘；

在我们这里，

人们说，什么老者戴什么毡帽。而在一首诗中致敬帽子意味

着给帽子加冕。

毫无疑问，我们得感谢

伟大的顶层设计，文明之冠。

它的上层建筑贯通不同时空，

为大好头颅，建立适配的几何学、

动力学、社会学和语言学。略高于首，

略低于天空，在发际线与天际线之间画出

人与更高事物的分界线，令我们远离冒犯，敬畏又热爱，用

一生顶礼。

罗逢春

帽饰，一阕古今风流吟

你轻衫短帽，仄身江山
宽窄的帽檐上，落满了风尘的马蹄声
缨带飘曳，漾开彩缎拼接过的岁月

谁倚了高高云冕
将俗世的雄心壮志，眺望成蝴蝶纹辫穗的流年
谁春风得意，为倏尔韶华加冠

一顶兽皮帽的铿锵时光里
我看见祖先们，蹈过幽微梦乡
骨针缝制的顶钮，有着绒蕊般温暖

一方幞头百褶曲折，我听见怀乡的人
唱着游子吟，从青丝到白发
将坚硬宿命，裹进柔软四棱巾之中

缦纱围绕的帷帽，遮去了谁的百媚千娇
乌黑毡帽，盛下过谁的人间烟火气
蕾丝绣花舒展，缀着少年的爱情故事

光阴淙淙而鸣。走出帢帽，草帽，宫帽，凉帽，礼帽
方形的，圆形的，梯形的，三角形的
折叠间，青铜头盔的嘶鸣悄然弥散

叮当环佩，步摇盛世的富美姿容
暖耳有耳，宝饰荣人。灯火通明处
水晶的镶钻发箍，闪烁着童真的光泽

冠帽同堂。云鬟绾住三尺红尘
我高举着理想的皇冠，为心中的远方加冕
向岁岁枯荣的草木，脱帽致礼

薛培新

在帽饰博物馆，头顶星空

九天阊阖开宫殿，万国衣冠拜冕旒。（王维）

帕慕克有他私人的纯真博物馆

而我最爱逛的是帽饰博物馆

看各式各样的帽子，像春天的百花

牵引外太空的飞碟蜂拥而来

顷刻间轰炸我想象的天花板

每一顶帽子下面都埋藏着

一个朝代的头脑风暴和闪电

凤冠闪烁着朝霞和晚霞的合唱

贝雷帽如新月般轻巧含羞

五角帽眨动星空，让银河泄密

它们为每一个平常的日子加冕

为每一个平常人折桂

充满了仪式感和高高的蓝调

让梦想有了准确又无边的形状

飞翔有了固定的天空和翅膀

连山巅都有云朵的礼帽常换常新

连四季都有不同的鲜花和雪花灌顶

大海戴上帆帽，树木以鸟和鸟鸣为冠

你摘取着神话般的紫金冠

我罩着我童话般的小红帽

一顶帽子就是一个人的好天气

加持一个时代的七彩虹霓和气象

走进帽饰博物馆像穿越时空

封顶的美无限，令我的头发根根带电

顶得星空都弯曲下来

李建新

桂冠，一顶风华绝代的最美传承

当历史的涛声

从大江的流逝中筛落

风浪用隽永接住

时光所漏掉的沧桑

这时繁华落尽，笔墨当道

一蓑烟雨却载不动

几代风流人物

心怀家国的情怀

他也许是头戴纶巾的东坡居士

他也许是手握羽扇的诸葛孔明

又或许是怒发冲冠的岳飞

又或许是横眉冷对的鲁迅

我感叹他们壮志未酬的命运

我更叹息他们天妒英才的际遇

我却更加珍惜

如今的家国，百姓安乐

如今的山河，锦绣未央

我可以把一颗拳拳之心

蜕变成握在手中的火蓝色的刀锋

也可以把一腔热血

置换成高过头颅的桂冠

像戴上雷锋帽那样光荣

像戴上安全帽那样质朴

都会成为我续写人生的最高礼仪

用来建设，捍卫

用来挥洒，描绘

王玉凤

冠之赞

一切从头开始。细密的针脚
一路缝上汉唐威仪和魏晋风度，缝上五千年的
苦难与辉煌，缝上华夏民族傲立在世界东方
不变的身姿

亦是文明的一部极简史。像一座大山
如此厚重，绵长，不发一言排列成长城的形状
又如此柔软，紧贴着我们的胸口，时时
能感受经久不散的一腔温暖

那股暖流不会来自帝王将相的毓珠凤冠
而来自三闾大夫的峨冠博带，或是
李白一身轻便的青衣小帽，他们
忧愤深广的面容，或绣口一吐就半个盛唐的才情
让所有的山川道路拥有了春风的行色

天下之至柔莫过于水。那些坚硬的东西
慢慢融化，心中的冠帽有了水的特质
它以善利万物而不争的姿态，娓娓道来

一个民族的温良恭让，仁义礼智，勤正刚勇
如和风轻飏，舟行水上

我们听到羽扇纶巾的潇洒，也听到
怒发冲冠的铿锵，更多的，是听到一片书声琅琅
粗布巾帻，甚至披头散发的一张张年轻脸庞
心向往之的却是一个个抱褐怀玉
精忠报国的故事

于是冠帽回归到它的本义，冠冕，桂冠
不追求外表的富丽堂皇，而在乎
内在的一种精神。沿着五千年饱满又轻盈的
帽饰史继续登攀，我们一路看见
属于远方的胜利和开在春天的桂冠

张凌云

富美帽饰：生活或哲学底色上的笔墨凝铸

譬喻的光照着这里，有限的博物馆，

无限的幻境和表达，安徒生和格林兄弟的寓言，

转述此刻的观澜和热爱。光在这里，爱在这里，

富美的帽饰，修饰自己的同时，也修饰了时间和乡愁。

意义被追踪的片段，老人和海的对话，

关乎美人鱼的传奇和宁馨，一顶礼帽的呈现，

帛画殿堂之魅，江湖之驳，抽象的刻录，镶嵌

具象的盛典。帽子的雅集，行云流水了《兰亭序》的

气韵，星宇的点缀，赘述生活，和生活之上

无处不在的神。他言之，冠冕的修辞，砥砺物象的

内核，雕琢的场域内，神秘主义和现代主义注疏

针织的楼阁和群山，一种超然而典雅的象形文字。

小型的演讲，别离的歌咏，或遁入语言学和现象学的

报告，每一枚帽子都是爱的波澜，涟漪了

肉身和灵魂的战栗，波荡倾斜的影子，时光温润的

简牍上不可置换的印章，每一份头饰都是心的

馈赠，充盈了车辙的回旋，袅娜的附庸，

斑斓了大地上所有的静雅和绮丽。

我品读或借喻帽仕汇的敕造，时尚和品质的引申，
葱茏了另一种意义的风景线，田埂拙雅，林木丝竹，
云翳和蔚蓝磅礴了细腻的创制。转瞬之间，
幕布腾挪，富美帽饰的显像和惊叹，抟传卡尔维诺的
典章，珠玉之韵，蹉跎或峥嵘了收藏的蕴藉，
整饬之魅，拓印或札记一封写与远方和未来的信笺，
其上，题曰，一孔帽子的行旅，诵读马可·波罗的
述怀，佐证世界的新奇和美好，又记，一份帽子的
章句，迤逦山水和田园的律令，鸟语翩然，犬吠交织，
茶酒的意蕴，罗曼蒂克的气韵，风华了春秋的笔墨。

陆
承

帽饰是华夏深邃的眼睛

帽饰是华夏的脊梁，

怒发冲冠，青山有幸埋忠骨 [1]。

帽饰是华夏的审判，

裂冠毁冕 [2]，白铁无辜铸佞臣 [3]。

帽饰是华夏的道义，

衣冠枭獍 [4]，吃母食父者岂能安身立命；

被发缨冠 [5]，水火无情载舟覆舟黎民为贵。

1. 岳飞庙的一副对联：青山有幸埋忠骨，指岳飞；白铁无辜铸佞臣，指秦桧。

2. "裂冠毁冕"，本意撕裂毁坏官帽官府，引申为背弃旧主，此处意为毁灭华夏、背弃民族，暗指奸臣秦桧的所作所为。

3. 与1呼应。

4. "枭獍"，相传"枭"是吃母的恶鸟，"獍"是吃父的恶兽。

5. "被发缨冠"，本意来不及将头发束好、来不及将帽带系上，形容急于去救助别人。出处《孟子·离娄下》："今有同室之人斗者，救之，虽被发缨冠而救之可也。"

帽饰是华夏的气节，

君子死而不免冠[1]，侠有大者；

屠夫怒眦裂冲冠[2]，义有小义。

帽饰是华夏的讽刺，

沐猴而冠[3]，霸王烹谏者终为后人笑焉[4]；

冠履倒易[5]，弘农帝师屡谏屡贬[6]终育帝德[7]；

张柱桥

1."君子死而不免冠"，主要讲述的是：孔子的重要门生子路任卫国大夫孔悝的邑宰，孔悝参与推翻卫国国君的政变，子路以"食其食者不避其难"的态度力图阻止这场政变，在激烈的战斗中，子路冠下的丝缨被击断，他说："君子死，而冠不免"。在从容结缨正冠的瞬间，被人趁机杀死并剁成肉酱。子路为儒家的信仰而死，受到后世敬重。

2."屠夫"指汉初名将樊哙，"眦裂冲冠"出自《史记·项羽本纪》："（樊）哙即带剑拥盾入军门……瞋目视项王，头发上指，目眦尽裂。"

3."沐猴而冠"，出自《史记·项羽本纪》：有人劝项羽在秦地建立都城，项羽见秦宫室皆以残破，又心怀东归，便说："富贵不归故乡，如衣绣夜行，谁知之者！"劝谏的人便嘲笑项羽说："人言楚人沐猴而冠耳，果然。"项羽听说后，烹杀了劝谏的人。

4."霸王"指项羽，"为后人笑"指刘邦以秦地为根据最终统一全国，项羽在乌江自刎。

5."冠履倒易"，出自《后汉书·杨赐传》："冠履倒易，陵谷代处。"本意是帽子鞋子反着穿，意为"尊卑不分，本末倒置"。

6."弘农帝师"，指杨赐，杨赐是汉灵帝的老师，"弘农杨氏"从汉初一直兴旺到隋唐。"屡谏屡贬"，指杨赐多次上书劝谏汉灵帝"亲贤臣，远小人"，遭到汉灵帝贬斥。

7."终育帝德"，指"弘农杨氏"后代隋文帝杨坚。

弹冠相庆¹，世无良臣²二三子³无德撕裂齐姜⁴。

帽饰是华夏的众生，
黄冠野服⁵照见熙熙草民；
面如冠玉⁶走出翩翩少年；
博带峨冠⁷望见巍巍大夫。

1. "弹冠相庆"，本意掸去官帽上的灰尘，相互庆贺准备做官，后来多指官场中一人当了官或升了官，同伙就互相庆贺将有官可做，是贬义词。出自北宋苏洵《管仲论》："一日无仲，则三子者可以弹冠而相庆矣。"
2. "世无良臣"，指"管仲"。
3. "二三子"，侧重于"三子"，"三子"指春秋时期齐桓公的三个用卑鄙手段讨悦取宠的近臣：一是竖刁（竖刁为了表示对齐桓公的忠心，自行阉割），二是易牙（易牙把自己的儿子煮了给齐桓公吃），三是开方（开方十五年没有回家，父母去世也不回国奔丧）。他们相互勾结祸乱齐国，后来齐桓公重用管仲为相，这三人没办法使用计谋，管仲一死，这三人高兴得不得了，马上各自回家取出官帽，弹灰跳跃，相互庆贺。
4. "撕裂齐姜"，指竖刁、易牙、开方三人作乱，齐桓公被活活饿死，死后六七十天，寝室蛆虫遍地，尸臭熏天，方才下葬，三人作乱后，齐国由盛转衰。"齐姜"，指姜子牙建立的齐国。
5. "黄冠野服"，指粗劣的衣着，借指平民百姓。
6. "面如冠玉"，出自《史记·陈丞相世家》："绛侯、灌婴等咸谗陈平曰：平虽美丈夫，如冠玉耳，其中未必有也"，此处指青年才俊。
7. "博带峨冠"，"博"意为"宽阔"，"峨"意为"高大"，意思是阔衣带和高帽子，指儒生，也指古代士大夫的装束。

帽饰是华夏的浪漫，

凤冠霞帔，三生石上结五百年良缘；

冲冠一怒[1]，山海关前怅一世蓦然。

帽饰是华夏深邃的眼睛，

生生世世拷问着华夏儿女来来往往。

---

1. "冲冠一怒"，指吴三桂为了红颜知己陈圆圆，打开山海关迎接清军入关，导致明朝的直接灭亡。

冠帽咏叹调

要在古老的纱布中，寻觅发丝的来路纹理

太阳垂下光也垂下权杖

加冕的人将江山遮在一个人的眼廓

他收尽水草萋萋的温柔乡

也阅遍石器与枯木上站立的散发者与乌鸹鸟

一顶缨络装饰的冠帽下，有历史峥嵘与层层更迭

在南通，在帽饰博物馆

你可以从一块红宝石镶嵌的帽准

透视跃龙桥上的书生意气与拱手之礼

可以从一顶乌纱帽的斑驳与镂空中

听闻开封府内的惊世堂木与明镜高悬

你可以在鹿皮鸭舌与爵士帽檐边

置身新时代的洪流与日新月异

在南通，在每一顶帽子

都可以让每一寸布匹与弯曲的年轮开口述说

我珍藏的一顶帽子

孤独地挂在故乡老宅的墙上

罩在时空物换星移的交替里

想起很多年前那辆破旧马车

他从田野与集市归来，戴着帽席夹子

卸着红薯与灯芯草编织的草栅

日暮里悬挂着一天的单薄收入

老屋木栅栏上，他疲惫的涤卡上衣

星空垂下金色的朱砂

今夜再没有令他头痛的冷雪

斑驳沉重的木牛流马

孟萌

哦！我无虞无疾的好时光，是那顶草帽下

他沉默不语，朝去夕来的呼吸

是他额头宽大的帽檐上

那如金子般闪烁，叫作"父亲"的一个词

帽盖天下

当上古的先民

戴上

兽皮帽子

雨雪风霜的冷酷

就被隔绝在头上

当黄帝头顶

地平天成的冕旒

华夏衣冠

就有了

垂衣裳而天下治的

盛世传奇

秦皇汉武

民间士庶

以帽子区别着等级

羽扇纶巾

孔明的潇洒

周瑜的机智

在赤壁展露无遗

宋代的帽子

长长的翅翼

避免了交头接耳的嫌疑

乌纱帽是

官位的代称

摘去顶戴花翎

是失去权力

虎头帽是孩子的最爱

展现活泼生机

金丝皇冠

是明代皇帝的殉葬品

珍贵无比

幞头方巾

是老百姓的日常

状元帽与凤冠霞帔

是宫廷的尊贵礼仪

瓜皮帽镶嵌珠玉

长袍马褂

与长辫配齐

现代的运动休闲帽子

是青春的动感

充满活力

帽文化穿越千年

朱醴

至今生生不息

是文化的代代传承

是民族的隐隐标志

帽子黎明

移动的形象带起地中海的风

中国男孩的帽子盖住我们的头

靠上墙，眼睛里出现场景和故事

英属东印度公司的跨洋贸易

军官的毡帽隐藏中国之路的热情

在帽子上，我们找到自己的身份

契诃夫的女帽，一顶遇见奥尔加，一顶遇见娜坚卡，一
顶指向打猎的形象

乔伊斯的拉丁区帽子，撞见艺术家和学生

小妇人的红蝴蝶结帽子，是她开始写作的信号灯

福尔摩斯的帽子，帽檐平坦、向上卷起，罗纹丝绸箍带

和华贵精致的衬里，推断三年的历史

同时，帽子也是他的战利品

纳博科夫的帽子，不是帽子，是深色的包袱

钱德勒的帽子，出现在鸡尾酒吧的闪光里

佩索阿的帽子，在葡萄牙显示智慧的光亮

凡·高的帽子，兑现在郊外，农场，工人区

莫奈的帽子，在埃普特河的游船上，弥漫着蓝色和玫瑰色，

朱砂色

潘文杰

177

牛津大街的草帽，把你推向旅行

英雄广场的小丑帽，一幕戏剧

"蓝帽子、红帽子、白帽子、黄帽子、黑帽子、绿帽子"

开启我们形象者的帽子黎明

第一时尚单品

我从远古走来

那时候我是权力和身份的象征

代表着荣誉和尊贵

人们称呼我"冠""冕"

经过了多少岁月沉淀，走过了多少沧海桑田

今天的我，被帽仕汇赋予了新的含义

2009 年，第一家门店落户上海

成功举办了一届又一届的帽子节

旗下有了很多知名品牌

多少个寒暑更迭，多少个春秋交替

经过了"创新""改良"，经过了"打磨""蜕变"

我遍地开花，获得很多荣誉

我的颜色丰富多彩，我的廓形变化多端

我与服装设计相通，我与艺术风格相融

我的材质不尽相同，我是非物质文化传承

我让你充满自信，让你绽放美丽

我让你彰显优雅，让你引领时尚

成玉蓉

我是搭配神器，还是点睛之笔！

我是一顶贝雷帽，不仅浪漫还俏皮
我是一顶渔夫帽，百搭遮阳显脸小
我是一顶棒球帽，神采奕奕更年轻！
我还是一顶巴拿马草帽
柔软细腻如丝绸，坚韧耐看品质高。
轻盈舒适声名远，欧美风靡最畅销！

我，不仅仅是一顶帽子
我是踏青时飞扬的心情，还是烈日下的一抹清凉
我是夕阳下最美的风景，还是寒风中温暖的呵护
明天，未来
我依然会履行诺言
为"第一时尚单品"努力加油！

绳编草帽

其笠伊纠，其镈斯赵，以薅荼蓼。

——《诗经·良耜》

七月的阳光，冶炼麦草青铜光泽

绳编草帽如礼器，一圈又一圈

收纳古老村落乡居生活的神奇涡流

是从帽顶扩散至边沿，还是

从边沿延伸至帽顶？史志农书浩如烟海

却始终无法理清七股辫的源头

如同老皇历上标注的节序

草帽周而复始的轮回里

编进了布谷鸟不误农时的催鸣

编进了光阴的经纬，以及大地的脉动

再由风雨、由星光，镀铬岁月 logo

这奢华的物件，就有了迷离的乡土味道

农忙时，父亲日夜在田里劳作

出门前先掸掸草帽檐，仿佛是出征的仪式

戴上草帽，就是被田野加冕

走在田埂，他就是土地的王者

麦秆植根大地，支撑着农家的日子

麦浪里翻涌的长短不一的精魂

父亲弯腰躬耕，草帽倾侧的刻度

计量着丰歉。午时，草帽离太阳最近

荷载祖先最炽烈的嘱托

咫尺荫凉，托举着行走的庙宇

在最干旱的时节，父亲扇动草帽

猛吸一口烟，吐出焦灼的执念

与夏虫语冰。深夜，父亲侍田归来

草帽上就会多一些装饰

白昼的日光凝结成帽檐上的盐粒

钻石晶体提纯黄土地相依为命的期许

冠帽千古情

那一天，最早的人类束发而冠，
似是对万物之灵的正式加冕；
那一天，"司服"走上尧舜的祭坛，
穿金与戴玉，成为帝王贵胄的特权。

于是，冠帽象征了富贵，
巾帻象征了卑贱，
但王冠常常落地，
黄巾反能震动炎汉。

冠帽，不是旧时王谢堂前燕，
朱缨宝饰，也要食烟火人间。

居庙堂之高，
是高冠博带，恶衣美冕，
处江湖之低，
是荷笠斜阳，青山归远；
征率土之滨，
是潇潇雨歇，怒发冲冠；

胜千里之外，

是羽扇纶巾，赤壁狼烟。

功成名就时，

朱门先达，欢笑弹冠；

壮志未酬时，

锦帽貂裘，雕弓射天；

寻仙问道时，

星点花冠，道士长衫；

功败垂成时，

横眉冷对，破帽遮颜。

归去也，掸下粗布旧帽的三千尘土，

仿佛是青史倾泻了万年。

草帽 [1]

我是一顶帽子，

一顶——

普通的草帽

美丽，高贵，华丽

我没沾上边

异域，风情，特色

我也够不着

其他帽子，有着——

悠远的历史，和

传奇的身世

它们，

万众瞩目，

深受访客喜爱

但我，

吴玉婷

---

1. 灵感来源于博物馆摄影展"寻璞"。

一点也不羡慕它们

相反，
我在这里，
有点孤独。

因为——
没人读得懂，
我的沉默

我想念，
田野间，
金色的麦浪，

我想念，
晴午时，
灼热的太阳，

我想念，
炊烟袅袅时，
粗糙的大手，
摩挲我的身旁，

回到家，

摘下，

挂于一旁

果然，

人间烟火，

才是我的向往

你问我——

为什么？

因为，

我喜欢，

和农民搭档

富美帽饰，辽高翅鎏金银冠叙

极尽奢华之美

并不仅仅局限于它黄金的心脏

高贵的血统，以及无比显赫的身份

高髻长须，宽袖长袍

元始天尊盘膝端坐于冠顶中央莲花瓣之上

后背光边缘九朵灵芝

持续开出绵延不息的厚重光阴

火焰宝珠，长尾对凤是它正面镂刻的主题花纹

历经时光千年的浸润和磨洗

它们依然拥有饱满，纯金的质感

精湛的錾刻技艺

使两侧高耸的立翅忽然就生出了振翅欲飞的冲动

纤细绵密的如意云纹

每一朵都暗自吐着华丽而庄重的呼吸

未曾躲过命运反复的锤击

不尽美好寓意其实皆为它们内心灌注

由此，那些或卷或舒的纹饰才轻易就获取了清晰生动的表情

高翅鎏金银冠

这来自地底深处最闪耀的秘密

毫无悬念地会将我们的思绪拉回千年前

辽阔的塞北大草原

那里水草丰美，数不清的牛羊嚼着草香在天空下悠然自得

年少的辽代陈国公主和她心爱的驸马策马奔腾而来

得得的马蹄正适时穿透整个大地的苍茫

吴不丽

子瞻帽，来自千年前的国潮

一个下午。暖暖阳光
唤醒了昏昏欲睡的文字
我在字里行间寻找子瞻帽的踪迹

子瞻帽从泛黄的古籍中跌出
急不可耐赶赴一个叫富美帽饰的地方
那模样
如此，义无反顾

烈日，或雨水。顺着帽梗最陡峭的一段
这样最好。不用攀爬到最高处
一眼就望穿汴京城的闾巷
思绪在雪地里打个滚。翻滚的子瞻帽
风靡了北宋的一个时代

我将子瞻帽拆了又拆
我踮起脚跟，想要瞭望千年前的密码
我试图拎起宋人四雅
无非都是些布、纱、线

以及被反复打磨的椰子壳

仿佛刚从母体脱落的婴儿

简单，而且粗朴

就地取材的身板依然闪泛千年前的光

原谅我不必要的牵强附会

子瞻帽与三星堆与金沙遗址无关

我以苏东坡老乡的身份郑重承诺

透心地，真性情

简约质朴，专属苏东坡

真性情。山一样令人景仰

春风拂之。山，岿然不动

刘友洪

帽饰：辽阔的寓意立足于精致的细节

美从来都是立体的，每个侧面都美，比如

这帽饰，或尊贵，或优雅，或亲切，或简约

或繁丽，由传统到时尚，一路成就经典

众多光芒四射的形容词，凸现灵魂和匠心，甚至信仰

无不具备过目难忘的

时间感和空间质地。请看——

把金属制作成羽毛，寓意飞翔，并致敬高天流云

也可选玉为材，琢磨好瑞雪，兆丰年以镇住灾荒

只有热爱生命的方式

才适合去热爱一顶帽子，这是帽饰的全部理想。诸如

在头上，脸面与耳朵旁边，黑发银发金发的领地

你可以安放一朵花，芬芳就澎湃时光

她设置一粒星子，光亮那么柔软，展示母语的轻暖

我愿意搁稳一枚贝壳，收纳大海的音像

他顶起一只小兽，野气因为人性面成为萌宠

此处南通，满街阳光，眼睛抚摸成千上万件饰品

感念随精美的节拍，次递散尽阴霾，数万里放晴

思想之向度，必须高于实用主义，因此
一件件帽饰反复诚服于美
结构和搭配互相默契，色彩同造型浑然一体
扶正帽子，从早晨闪过黄昏，肯定会有越来越多的人
领悟到：辽阔深刻的寓意，往往立足于的细节
就像苦难里的坚持，脱胎出诸多
纯真的微笑，又返转到骨子深处，并潮涌无数鲜活春天

听吧，蝴蝶舞蹈的轻风，具体着火焰的动静
隐约、清晰。鱼群端庄和睦，佩戴江河香气

赖杨刚

南通市富美帽饰博物馆咏（歌行体）

沧桑岁月史留芳，多彩帽饰一馆藏。

双足踏进博物馆，万千气象迎面撞。

祝福印记虎头帽，吊睛白额敢称王。

眉眼尽凭瀚墨绘，齿牙好借绫罗镶。

只知北方有此好，谁知南国亦同样。

远离山林入居户，掬着呆萌逗童爽。

戴帽正冠道须眉，斗转星移几千霜。

历代形状虽迥异，科头箕踞未易量。

花插露沾哪暇惜，尘侵鼠啮总须防。

无论官宦或平民，一年四季每在傍。

顶上风姿说巾帼，凤冠霞帔唯美妆。

錾雕金银巢翡翠，穿系珠宝锁鸳鸯。

花丝艺术惊传世，点翠技巧竞闪光。

且喜华夏才女出，闭月羞花逸情长。

魅力时尚展名牌，帽饰缤纷显花样。

以手传心看制作，漂洋过海彰开放。

馆藏珍品冠帽美，帽饰文化韵味漾。

文明积累千秋业，礼节更新世代纲。

一馆帽饰沉浮史，催人逐梦谱华章。

张志善

水调歌头·参观帽饰博物馆

轩辕冕旒在，肇启五千年。山河淘洗，一轮明月照依然。
遥想人初蔽体，丝织草编成饰，伦理汇成篇。史海磨成镜，
最是正衣冠。

成秩序，分贵贱，自头看。今成博物，馆纳今古作奇观。
演绎众生百态，解密兴衰更迭，帽诉万千言。冠冕志如柱，
顶起一方天。

吴月英

62
POEMS

一帽冠天下

一顶帽子置于茶几之上

对于主人身份的考证从样式开始

只能观察，而不能触摸

必须用眼角的余光去穿越历史的屏障

如果你忽视了关键处，将得不到自然而然的结论

这顶帽子曾经保护过上善的智慧

两条鬓际恰似一江一河

环绕于巨山之侧。在意觉的推动下，参详天地星宇

帽子也可收拢更多的声音

从而辨析真知的所在

恍如它的主人从浩瀚的史书里寻找到永恒的真理

界定出水和舟的道理

帽子出自于江南心灵手巧的姑娘

如果功能仅仅是防寒，那就小视了时间的向心力

它将被戴到头上之后，把闪烁的雷电和广袤的江山汇聚

一种新的形象，不容冒犯

帽子上那些密密的针眼，贯彻着家国天下的概念

祝宝玉

向着伟大的时刻，致敬

时代的造化，从一顶帽子开始

现在，我们从茶几上将之挪移到博物馆的玻璃橱窗里

空间因之旋转，面对它

就是面对遥远的古代，它是历史留给我们的礼物

猜测是一次欢乐的过程

我们了解到更多帽子的知识，而追问的意念停留在空中

从一顶帽子说起

或许，要从一枚蓝色的羽毛说起

它斜插在一顶

女士礼帽的边缘，仿佛有许多美好的事

要对路上偶遇的人诉说

它曾见过的山川

——它曾凝视过的日出和归途

仿佛都定格在那顶帽子里，成为一个虚词

留下的影子

或许，要从制帽人摘下那根羽毛的瞬间说起

要从自问自答式的轻叹说起

流水自有终极的归宿

生命的起源，也终将回到哲学与泥土的碰撞

一顶帽子就是契机

它寄托着光和暗，寄托着存在与消失

那个戴着它穿过街道的少女

有一身好看的红裙子，有一双透明的

高跟鞋。她把生活刻在每一双

张俊

注视自己的目光里，哒哒哒哒的响声就像

欢快的，圆舞曲的节拍

她带着羽毛编织的帽子，穿过夜晚

进入时间的迷宫

或许，这首诗要重新开始

回到一个站在街角

看着她的少年，回到他的眸子

月光照亮他的时候

他就是这尘世唯一的光

她如同他的生命

她停下脚步，回头看他，好像在寻找失去的纯粹

而他吹着口哨，走到她身边，摘下那顶帽子

在南通，遇见一顶顶喜欢的帽饰是必然

一团团的白在扑向一团团白

这是死亡的结束，也是开始。一团团白在撕扯着一团团白

只有边疆巡逻的战士，才能从一团团越狱的白中

穿过，又扬长而去。

在南通，我要买尽我喜欢的针织帽

送给雪山上的哨所，让毛茸茸，堵住天空的悲喜

一顶帽子，就是一个温暖的家。我想把法式风情的

礼帽，送给疫情时脸上勒出一道道血痕

累了就躺在地板上

打个盹的人。好几个月没回家了，就让他们戴上浪漫的礼帽

抱着爱人和孩子，就那么抱着不动

一片桃花，正好粘在微翘的嘴角，成为慢镜头

我还要把有草香味的帽子

送给七月。宽宽的帽檐，盛着满天的星斗

夜是宽阔的稻场，脸上露出笑容的人

帽檐下籽粒的脆响，悠着些，急促的鼓点声

再慢慢归于平静。一层金子铺在地上，那么黄

罗爱玉

唯一动着的，是初恋样澎湃的梦

最后，我还会把大小不一的贝雷帽
送给矮成蘑菇的两个人。我不出声，只是不动声色地叙述
清晨露珠挂在窗外的小径，一个醒了，"嗯嗯"地叫醒另一个
他们牵着手，拄着拐杖
——背影，渐渐消失在落日中

一顶顶帽饰，如同朵朵静静开着的花。在南通，我喜欢的帽饰都有了
归宿，在众多的同类产品
无法抵达的地方，它们被头颅抬高
被时光宠溺为封面，且，一版再版

——在南通，蜂拥而至的游客
遇见一顶顶帽饰，是欢喜，也是必然。

帽饰之诗

·1

是星光镶嵌了绵延的梦境，还是精神的美学

具象化？在富美帽饰博物馆

我听见一种呼吸，像风吹不散的光亮

像顶着露珠的香草摇曳

我甚至听见高山流水远走

而冠冕、冠礼、冠带

讲述君王威仪，文人风骨，雅士集会，侧帽俊才

我甚至听见，天色悠渺处传来断续的琴声

王维霞

·2

像春风葳蕤，催动大树的冠盖

枝条将满眼青绿举向不同纬度

是的，这就是帽饰所蕴涵的

它即有朝向天空的生长，也有伸向大地的根须

当流水的波纹，智慧般拓展，时间的波纹

也治愈了时间，而帽饰不再只是象征

它更是朴素的追求，像月光蓄满如水的眼神

让美属于每一颗向美之心

我无法不惊叹于此，在文明的大树上

帽饰就像繁茂着花叶的枝条，让人充满

欢喜。是的，我丝毫不怀疑

此刻我戴的这顶手绘草帽，是春天最初的爱

· 3

如果你无法想象那种灵动，就去看

破茧的蝶，看蝴蝶怎样扇动清晨的光，你可以

戴上你爱的那顶，像花朵阅读蝴蝶的翅膀

把周围盛大的阳光读成金色的花粉

你会感受到那种澄明与晴朗，它超越修饰

甚至超越时尚，它属于你，是你的风华正"帽"

你憧憬，你拥有了美之为美的核心

你转身，放慢脚步，伸手触摸帽檐上

的蕾丝花边，你微笑。你在触摸一种花序

你获得用未来珍藏今天的方式

我于富美帽饰博物馆感悟帽饰风情

·1

特定文化和身份的符号象征，个体情感的抒发对象
美学概论交出发言权，碎片化的隐喻
矜持在帽饰的与众不同，说出"高余冠之岌岌兮"
抑或是"侧帽垂鞭小陌东"，心生美好
光影的独白倾情故事，我于富美帽饰博物馆感悟风情
传承与创新，点睛之笔的绝世而倾城

·2

由保暖遮阳开端，在一顶帽子上谋篇布局
裁剪风韵和浮生，眉似柳，秀发缥缈
巧手设计的心驰神往情节，去爱吧，那划过的灵感
与典雅的回眸一笑捕惑多少目光
眉宇间的自持，随帽饰令人顿生万千遐想
无数个故事，曾经有过的感觉
被赋予的个性寄托情感，那些时尚之美的翩若惊鸿
尽显绰约风姿，把光阴精心收存

·3

目光清澈，不辜负那暗藏的时光

一道风景线的摇曳生情，流动的风景自某个章节开始

无须语言点破文化的典藏

温婉与端庄，不可触摸的留白独占高处

实用主义的演化，独特的艺术世界呈现在视野

现代与古典交辉，做另一种释义

一朵花的嫣然献上表白，历史与文化，情怀与志趣

隐藏在帽饰里的词曲，有足够想象去追根溯源

李朝晖

帽檐的月光

把落花顶在头上，就等于把整个春天收入囊中

把落花织进帽檐，就等于把半部民国史

装进了心里

风啊雨啊，终于不用直面天空

你在油菜花中，轻轻扶起的帽檐

分明是将一个俏丽的女子

扶上出嫁前的轿子

精致，柔和，温婉，紧张

唐朝的月亮，顺着瓷质的屋檐

倾泻到一个少女面前

是那顶帽子，把更多的月光养大

是那顶帽子，让夜色不再微凉

是那顶帽子，给出阁前的女子，以自信

以婉约，以大方，以明亮

是那顶帽子，让落花再次在人群中绽放

唐朝的月亮依旧明晃晃，挂在天上

它已为无数赴宴之人加冕

帽子家族薪火相传，承继时尚与文明

那些偶尔被遮挡的羞涩

也会在一场促膝长谈中，重新

被月光点亮

葛小明

帽子上的那朵小红花

那时候的你青春靓丽

像阳光下剥开的一颗荔枝

鲜嫩、透亮

你戴着那顶青蓝色的帽子

站在半坡的花丛中

也像一株红玫瑰

芳香着我整个世界

后来，你在帽子上

绣了一朵小红花

它其实就是我眼里的

一朵红玫瑰

无声而鲜亮地伴随着

我们的流水光阴

让我庆幸的是

我们始终如山间的溪流

在跌跌撞撞中成长

而从不曾放弃梦想

在起起落落中寻觅

可永远选择了坚强

几十年就这样一晃而过

此时，电视机里

是别人的青春故事

而我们睡意蒙眬

你又把那顶帽子拿来

盖住了岁月的霜花

而我又想起那年的玫瑰

那年荡漾的秋千

帽子上的那朵小红花

它一定会记得更多的细节

宋显仁

一顶绒线帽子的美好情结

老年的她，在传统诗词的

妆镜里，一再流连

帽子的典雅，是从绒线的配色中

剪来的一袭花香

或者，是从梅兰竹菊里

用手工

摘取的笑容

手绘的莲花，缀着禅意

一针一线

皆从婉约里浮出

中国结似的盘扣

都是警句

把帽子上的花纹

全部点亮

唤醒春意的还有

身旁的琴弦、音符

这些，在她从舞台上走来时

都发出了山泉

叮咚流淌的水声

她也惊叹，是谁的手工

将帽饰之美，升华到了这般境界

老了，又让心情

如此青春

王迩宾

妆靥天下，让美丽统统开花

白大褂

是手术刀的恋人

长头发

是艺术家的伴娘

而帽饰

是九十九分美丽最后的一分点睛

没有什么

比一只帽子更高贵

永远都站岗在我们头顶

没有什么

比一只帽子更睿智

只牢牢守护大脑不受阳光雨露的侵蚀

没有什么比帽子更令人心安

在危险面前第一时间就送出镇定的咖啡

没有什么比帽子更亲近勤勉

农民矿工军人的昼夜耕作它都深情凝视……

当年

就是一顶礼帽

收藏了世界投射的殷切目光

在开国领袖挥手之间

展开中华民族神采飞扬的旗帜

今天，春风已把一颗帽珠镶嵌玉皇顶峰

万里中原一如大地编织的五彩帽檐

如果祖国再次挥动长江黄河的双臂

我们必将以逐鹿的姿势

以富美帽饰的青春姿容

以海潮永不停息的豪迈

一次次妆靥天下

让美丽统统开花

陈裕水

帽子里藏着的魔术

青草地和木制的相框里

穿裙子的女子从风里走过

头顶的风景是一顶帽子

云一样落在黑色的发丛

风从帽檐下吹过

女子的笑越发灵动

野花的香气

爬到我鼻尖儿上

时间缓缓流动

戴帽子的女子转身飞奔

背影像极了一首诗

在那个有风的午后

我安静品读

她的帽子像月亮一样长在发梢

看一眼就是星光点点

我摘下她的帽子

想看看那里面藏着什么

那帽子里藏着的

竟然是一个魔术——

一个变美的魔术

米俊霞

精美的帽饰会说话

头等美事，必然要追溯到原始社会
用毛皮和干草重构远古人的生活图景
佩戴，是为了御寒防暑
我认为，更主要是为了隐藏自己
以便捕获到更多的猎物
顺带管束一下不修边幅的毛发

岁月积淀到一张纸的厚度
帽饰的内涵就越来越鲜活
士冠、庶人巾有不同的样式和颜色
点翠——这抹蓝，惊艳了千年
也彰显佩戴者的显赫

一旦轩冕之志的夙愿结出蓓蕾
就去当官行走在仕途
衣冠楚楚的气质和风度
会得到最大限度的称颂
冠冕堂皇的幌子高高挂起
庭院张灯结彩，无数人弹冠相庆

佛手、桃子和石榴都带有美好的寓意

吉祥的纹样，祈求孩童趋吉避凶

贮满母亲对孩子的殷殷爱意

人世间的阳光熠熠生辉

雕琢出美丽的容颜

也引申丑陋不堪的狰狞

沐猴而冠，绝不是楚人的专有修辞

登堂入室的也不乏衣冠禽兽

张冠李戴的情节，时常让旁观者怒发冲冠

绿帽子的故事，有着不便言说的羞怯

精美的帽饰会说话

我在南通的富美帽饰博物馆，听见

人类历史长河中的一段往事

邓勤忠

四方学位帽

一角是书籍的形状，我们徜徉在你广阔的海洋，

一角是辩论的广场，我们发表自由的感想，

一角是青春的棱角，我们恣意做梦放肆歌唱，

一角是四方的箭头，指示未来东南西北的方向。

天方地圆，厚德载物，

四四方方，方方正正做事，斯斯文文做人。

圆圆尖尖，圆通豁达遇事，立身敢为人先。

黑色的垂穗，从右到左，

曾经的幼苗，从绿到黄。

成长的过程，充满艰辛。

父母的期望，老师的冀望。

稻麦的职责，不是化作秋泥，而是果腹万家。

你们的未来，不是酒醉灯谜，而是造福生民。

这里不是胜利的展示，而是一切归零的新生。

唯有不负韶华，勇毅前行，

广汲社会丰富的营养，

不忘初心，

方能不悔始终。

张晶晶

清朝官帽感吟

胸装丘壑快催鞭，势绝凡尘丈丈烟。

初试方谋镂阳顶，次征喜看变阴钿。

后辞金素芝麻吏，继夺砗磲知府缘。

五戴水晶辉灿灿，四迎青石兴阗阗。

到安蓝宝排三级，及至珊瑚乃二员。

封盖镶珠红伟大，近皇扶座自成全。

半生追逐九层冕，双手欣拿万贯钱。

岂计闾阎甘与苦，独祈宦路顺而前。

畅游行乐凭头饰，步阕驰晖任众涎。

冠彩犹如芳荟萃，赤缨维系位升迁

怎言廉字难挥笔，谁信衷心去润田。

阔足登阶雄壮壮，忧民缄口欠拳拳。

邸幽弗识农家累，岫远徒由禾草蔫。

鲜露纯仁积鸿德，屡惊嚚豫厌崇贤。

仰冥欲见霞寥廓，放目皆瞻黎倒悬。

荒径声声杨柳泣，柴门处处子规穿。

时望瘦壤纷纷泪，莫觅恩源汩汩泉。

几觉江南秀才万，且谙北国峻峰千。

腐身总总低云翼，孤峙潸潸息碧川。

海上惟哀攘寇者，渚涯空叹汉楼船。

勿须官帽再盯问，已忖江山难久延。

入仕羁留高殿内，当垆频卧玉魂边。

梦中济济邯郸枕，醉里茫茫乌有仙。

漫道陶巾休可漉，应羞谢屐未曾传。

庶人不羡虚无造，盛世惟将绳墨牵。

今日详端旧朝物，吾曹益感遇流年。

沁园春·访南通富美帽饰博物馆 [1]

金屋藏来，参差帽饰，满目琳琅。

集古今中外，头边时尚；女男老少，顶上风光。

侧帽风流，峨冠倜傥，鸭舌宽沿各擅场。

珠缨丽，衬蕾丝翠羽，璀璨文章。

是谁锦绣心肠，把异彩精华聚一堂。

算江南才俊，情高物博；通州形胜，虎卧龙藏。

盛世衣冠，名城头角，秀出春风时代装。

瞻依处，看倾城倾国，冠冕堂皇。

杨定朝

---

1. 格依《钦定词谱》苏轼体，韵用《词林正韵》。

咏帽子

绢绸裁剪意融融，线走金针自不同。

帽盖遮阳抵微雨，舌檐避暑挡秋风。

三分时尚真无迹，一段春光是有穷。

想我腹空藏世态，万千秀发在其中。

李如意

慧府之上

天真烂漫充盈着我们的慧府，
无忧无虑的童年啊岁月忽忽！
嬉笑打闹纯情无邪迷迷糊糊，
小黄帽儿是荫庇慧府的保护！

欲望烦躁冲击着我们的慧府，
兴奋不安的少年啊四处漂浮！
时而羞怯好奇时而生龙活虎，
丰富多彩的帽儿装饰着慧府！

神机妙算占据着我们的慧府，
聪明智慧的成年啊胸有城府！
俯瞰众生趾高气扬本心忘乎，
耀武扬威的冠冕笼罩着慧府！

日暮残光掩映着我们的慧府，
饱经风霜的老年啊渴求寿福！
尘缘忽如一梦南无阿弥陀佛，
遮风护体的帽儿庇佑着慧府！

冷华

一入红尘一遭浮生一个慧府，

你我她他拿什么帽儿来保护？

千奇百怪的帽儿啊遮着慧府，

慧府之上的是抱负还是包袱？

利欲熏心得陇望蜀的大抱负，

有如蝇营狗苟也似膻被蚁附！

慧府之上的帽儿成了坏包袱，

欲壑难填的包袱啊不堪重负！

品端行正并非阻碍的重包袱，

行善积德亦是讨喜的小抱负！

慧府之上的帽儿成了好包袱，

是成就自我和他人的小抱负！

满江红·咏帽子

启智[1]童蒙，从今把、垂髫束缚。助成长，休教露出，峥
嵘头角。洁者长怜新沐[2]净，佳人不减风姿绰。但遮颜[3]，
街市独徐行，春寒薄。

乌纱客，凭飞跃。辽东子[4]，殊清卓。更峨冠博带[5]，高
怀难托。为有豪情生怒发，愧无器业酬雄略。向南通，
慕雅士情怀，风前落[6]。

孙运才

1. 启智：儿童洗礼帽有启智儿童之寓意。
2. 新沐：《楚辞·渔父》："新沐者必弹冠，新浴者必振衣。"
3. 遮颜：鲁迅先生有诗"破帽遮颜过闹市"。
4. 辽东子：管宁，汉末三国名士，清高、有操守，常着皂帽、布襦裤、布裙。
   宋文天祥《正气歌》："或为辽东帽，清操厉冰雪。"
5. 峨冠博带：屈原的装束。
6. 风前落：指孟嘉风前落帽，形容才子名士的风流洒脱，高雅情怀。

一萼红 · 巴拿马度假草帽 [1]

试绡巾。正衣衫草色，头顶载轻云。金缕穿茸，素丝织锦，
细捻凉薄如裙。巧占尽、天然模样，胜银蚕、抽茧断冰魂。
软卷团圞，铺开未皱，无迹无痕。

好是轻盈弦月，只一檐压雪，半抹遮尘。吴苑舒荷，汉
宫仙掌，依约重画腰身。为谁换、流苏花饰，杜拉斯、
眼底旧情人。桥上倚栏绅士，独自黄昏。

杨晓航

1. 法国女作家杜拉斯在其小说《中国北方的情人》里，描写的中国情人正
是戴着巴拿马草帽。

七言排律·咏礼仪之邦帽饰文化[1]

佩巾楚楚溯渊源，头饰泱泱数大全。[2]

富美倾情求至美，开端博览向高端。

孟嘉故事言风度，骚客题诗咏续篇。

甲胄英姿谈武将，乌纱气派论文官。

上朝黑弁分皮弁[3]，宫殿皇冠并凤冠。

竹草鸭舌堪避暑，羽棉暖耳[4]可防寒。

虎娃虎脑生童趣，花蕾花边扮秀媛。

雅仕新潮宜万众，足球戏法射三元[5]。

古今市井扬华夏，中外流行遍世间。

相聚南通观帽展，盛装顶戴耀坤乾。

赵臣

1. 新韵，排律十一韵。
2. 引入"孟嘉落帽"典故，东晋名士孟嘉重阳节与众将饮酒不知帽被风吹落，面对嘲笑从容应对风度翩翩。
3. 黑弁为文官帽子，皮弁是武将帽子。
4. 古时帽子称"暖耳"。
5. 指体育用语"帽子戏法"，即足球连中三元。

冠以为名

粗布、麻绳；

蚕丝、藕线；

金银铜铁，

兽皮和竹编；

冠之于顶；

冠以为名。

唯时间记得，

牙牙之时予以呵护；

婷婷之间增辉夺彩；

在兵戈之中护以周全；

于九州之上琅彩摇曳。

任时间湮灭，

残损之间尚留余温；

暗淡身躯亦能瑰丽；

即便破损又如何？

无妨挡剑；

记住，

别抬头，

九旒之下仍有一双威严的眼！

帽饰书

·1

在人世，需要一种事物
构成另一种暖流，或者，天空之外的
一道闪电

"衣毛而冒皮"。文明的炭火
开始炙烤旧石器时代的每一块石头
风寒之外，流动着美的气息

·2

"恶衣服而致美冕"。礼治的力量
开始规范一个时代的"礼仪"
清澈的溪流正在朝一条大河汇集

齐桓公"高冠博带"，楚庄王"鲜冠组缨"
越王勾践"剪发文身"……诸子百家不拘周礼
让春秋战国的风云变幻莫测

·3

"赵惠文冠"的别样风采

让历朝历代流行的大冠、武弁、建冠等形制

驾轻就熟，跃出历史的烟尘

顶戴、花翎、进贤冠、通天冠

冲天冠、胡帽、冕、弁、盔、帻、巾……

美学的概念在无数朝代繁衍着雨露之美

·4

世间伟大的艺术还远未完成

时光的芳菲仍循环不息。皮帽、毡帽、毛呢帽

草帽、竹斗笠……都是生活的一部分

"帽饰就像蛋糕顶端的樱桃"

它高出美的虚无与灵魂的优雅

让苍茫的岁月微微发甜

王志彦

帽饰，不只是美丽时尚

一个帽饰罩住一段时尚美丽的时光

一身文化厚重如故。摘下的是平凡的芳华

心中有梦宛如扑蝶的故事

把生活裁剪成一首诗

戴上，抑或展出

把生活工工整整写上诗意

像一幅画，定格了所有阳光的目光

让一粒粒惊喜与赞叹，沦陷

所有的向往在此握手致意

如此的安静。帽饰在头顶上仿佛沉思者

历史之美、时尚之美、人文之美、精神之美，在呈现

风儿轻拂，只是微笑相迎

黑夜深沉，所有的事物被暗影掩藏

它也收起繁华的姿态，回归安静

一个帽饰展现，纹路装饰隐约可见

戴着的人，认定是身体的外衣

心中装满字词的人，知道那是诗歌

心中亮堂的人，知道那是阳光与鸟语花香

透出的旧痕，叙说着历史的故事

很难想象，一个人遇到一个相得益彰的帽饰

会是怎样的情景？它一定会再次绽放吗？

俘虏一声声惊喜与赞叹，还有一个个回头的身影

做美丽时尚的见证者，仿佛时光的驻足与它有关

只要戴上它，就知道了一切

张庆忠

头顶的神灵

我曾经看到一朵白云

静静伫立在布达拉宫穹顶

那一刻万物静寂

整个世界都在聆听

我们赤手空拳来到人间

只带着几缕细软的发丝

而世事艰难

不知要经历多少风雨雷电

总有一种庇护来自大地

人们在夕阳下收割庄稼

并让它们获得重生

那丝丝缕缕的缜密，不只是遮风挡雨

还有温暖、信念和象征

如村头那棵古樟，它巨大的树冠

像羽翼，呵护了我们的童年

并给每一个游子，以念想和信任

还有步履蹒跚的父亲

我见过他带着军衔的照片

大盖帽下英姿勃发的身影

以及，斗笠和棉帽相伴的余生

又是一个清明，我沿着

儿时的小路去看望父亲

我再次看到那朵白云

逗留在家乡的山顶，如神的加冕

章建平

在帽饰博物馆，抵达美学或哲学的源头

走进富美帽饰博物馆，便抵达一阙已先于我存在的世界

或永远无法触及它的神秘部分

听得见罗马战盔的咆哮和纷争，也听得见银点翠七凤冠的轻鸣

从印第安鹰羽帽，到巴拿马草帽

一抹厚重的时尚感附着在人间

与其他的饰物，相同又不同

它出入人文史册，影子也能拓印出盛世的容颜

古今中外、不同地域的各式帽饰

给时间上了一层精美的图案，流动着生动的气韵

人们用清新的诗句，吟出善念、朴素、真诚

任凭情感的风帆如何漂流

永远走不出的是初心，暗卧在今夕

我看见羽扇纶巾装饰的简牍，在历史的悲欢荣辱中

以一滴水的胸襟

怀揣"虑而后能得"的宽度

有人用头盔孤身重返，古战场的宏大场景

折戟的英雄还是英雄，按下的草木皆为雄兵

救活了辉煌华夏文明的一条根脉

我也知道，学佛时候会把帽子往下拉一拉，不要看得太远
所谓看得不远，就是专注，让内心的物象产生了分蘖
出门时帽子要抬高，看到的远方，才有一马平川的未来
一顶帽子，是一个哲学的高度
在求高、求远、求静里
一次次画龙点睛了

千千万万个帽饰，清辉的造诣，在讲述中诞生
以站立的身姿，加持的美学与节操
庇佑爱的布施、温暖的写意
在日月轮番念诵的诗歌境界里
浓缩成一粒浓香的字词，用家国情怀
为自己立传

咏异帽人

戴笠遮风雪，寒江独钓翁。

兜鍪着项首，号角破苍穹。

冠冕长安忆，络头巷陌逢。

一声俗世叹，湖影照惊鸿。

汤麒臻

富美帽饰博物馆：帽饰之恋

第一展厅：每一顶帽子都是中华文明史的

一部分，高冠博带，鲜冠组缨——

幅巾、官帽、点翠、乌纱，宛如

亮起的灯塔，又似摇曳的烛红

红唇起，忽明忽暗；江山立，只戴梁冠

不用貂蝉笼巾，我在寻找一条镶嵌的金龙

引领朝代追求光明赤子，思绪沸腾

帽饰压住了一个人的俗欲、贪念，扶住了

文明的涵养，《诗经》里的修行

第二展厅：牛仔帽、网纱帽、平顶软帽

我看见的浪漫主义、现实主义和新古典主义

的诗篇、影像和油画，还有飞翔的音符

顶上摩登里，是绅士和淑女的恋情

是恋情里，你侬我侬的亲吻，有马车相伴

有工业文明的背景，骑着马，戴着牛仔帽

奔向天涯的豪情。蒸汽机里的轰鸣

一顶舒适的帽子，就是一个时代的宣言

周维强

第三展厅：天下大同，万帽共存——

读懂了帽子上的装饰，就读懂了一个民族

隐藏的文化与符号；读懂了帽子的

形状、颜色、设计的风格，就读懂了

一个群落与自然相处的方式

与文明相伴的仪礼，各民族的帽子

汇聚在一个展厅，犹如地球村的村民

汇聚在一起，展示自己民族的风格、艺术

是的，宛如盛开的鲜花，每一朵

都是美丽春天的一部分，每一朵，都有着

自己的语言、欢笑，和妙不可言的风景

南通，一座馆或者一顶帽饰的写意

一顶帽饰

绣一顶丰饶

用时光掠影编织成帽饰

轻挑一针

满是静穆和雅

马建忠

镶一颗珍珠

用饱满的生命盘结帽饰

轻拨一下

满是光泽柔滑

与温婉相邀

一顶蕴含着文化的帽饰

注入一段流转的光阴

在手指尖，纵横驰骋

今夜，我安坐富美帽饰博物馆

与荣耀共织，与闻名共享

有序，一座帽饰的博物馆

先是一顶，后来是两顶三顶
从时尚的博物馆
纷纷落下
它们始终落得有序
后来，它们落成一片
在空间飞翔
又纷纷镶入画中

勇敢的升华

满馆都是
悬挂的灵魂
独运匠心
展示出精彩绝伦的风采

还有历史的厚重，还有人文的特质
还有一个个美的时尚
升华，南通的精神
一重一重

坤帽

倾敧发髻暗偷香，蛬首弹肩相与昂。

檐扫蛾眉秋水目，旆收粉颊玉壶光。

增容靓色空千巷，摄魄销魂动万疆。

嫒嫒纤纤一坤帽，婷婷袅袅美娇娘。

邹贵宜

戏说帽子的起源和功能

请告诉我，聪明的你
第一个戴帽子的人是谁
第一顶帽子又是什么样式

你一定会抓耳挠腮，无从回答
而我可以提供一个答案
让你的脑筋来个急转弯

第一个戴帽子的人
不是亚当，就是夏娃
至于第一顶帽子
则是无花果硕大的叶片

还记得吗？两人曾经被蛇诱惑
偷吃禁果后突然明白裸体可耻
赶紧摘下无花果叶
遮住私处，遮住羞赧

所以，理所当然，自然而然

当烈日灼灼，暴雨淋淋

他俩会用无花果叶遮掩

有人说发明帽子是为了保暖

尔后才衍生出其他功能：

美观——例如女帽

职业——例如贝雷

地位——例如皇冠

其实它最初的功能应该是遮掩

直到今天遮掩依然用途广泛

看看多少施工现场

安全帽成为标准配置

只为减轻致命致残的隐患

更不用提硝烟弥漫的战场

多少将士头戴钢盔

只为躲避血腥的弹头和弹片

曾志辉

帽子的颂歌

峨冠博带

那峨冠

云朵所赠

心灵所期

羽扇纶巾

那纶巾

春风做成

生机盈盈

最先摘到第一缕阳光

交给心，黑暗无处藏

最先横眉怒目

驱兽类，家园得温馨

最先绽笑容，风拂柳

最先抵霜寒，刀箭不入侵

最先牵手朋友，抚慰一众灵魂

最先上青葱山峰

最先摩到绮丽之云

最先摘下一颗星

最先拥有一段难忘爱情

最先兜承苦难

勇敢年轻一颗心

最先喷红日

最先照归人

最先吃到苦，最先将福传他人

最先点起一盏灯

最先照来路，引前程

黄跃武

帽饰之歌

帽檐将眼睑藏在了身后

温柔的光不再挑逗我的额头

原以为是清风拨弄着我的发丝

不承想竟看见帽穗跳起了舞

躲在帽子下的灵魂

那才是真正的我

我喜欢帽饰装点着的生活

那是精致也是自信

帽子里的世界是缤纷的

不只是五彩的丝线拉合的布纹

不光是小巧的帽针点缀的帽身

在美好的帽饰世界里

我喜欢蕾丝绣花边做的帽檐

总觉得它也同花海一般斑斓

连绵起伏

帽饰遮住了我的头

却给了我的发丝最安全的保护

在喧嚣模糊的环境里

我戴上了自己喜欢的帽饰

已经是向美好迈出了一步

韩天乐

戴上帽子，摘下帽子

让我们制作一顶帽子

用羽毛　用兽皮　用竹篾　用纟棉

冠自我　冠学识　冠法则　冠威严

丝纶编织　经纬钩制

环佩荣光　系挂信仰

绣一缕情意　再簪一绺希望

它是来自长者的爱护

也是来自尊者的嘉礼

它是身份的象征

也是安全的保障

当我们戴上帽子

我们就戴上了庄重　沉稳　信誉　责任

当我们戴上帽子

我们更要懂得摘下帽子

摘下愚昧　怯懦　虚荣　狂妄

当贪婪的人心戴上帽子

其下只有丑恶的嘴脸

当高昂的头颅摘下帽子

其下才是谦卑的灵魂

廖心婷

一顶帽子，有时候就是一个人的江山

我第一次看见这么多的"官（冠）"人，
穿越时空、穿越地域、穿越代沟集中在一起。

上，可以遮住蓝天，光宗耀祖；
下，可以遮住隐私，招摇过市。
白瓷顶戴、蓝明玻璃顶三品凉帽、砗磲六品凉帽……
素金顶七品暖帽、单眼花翎、双眼花翎、三眼花翎……
一顶顶帽子，能拔高一个人的身高，
也可以沦陷一个人的威信。
帽子就是官员的身份证，戴在头上华丽登场，
端在手里，完美谢幕。

远，可以为细腰弱柳招来春风，凤舞蝶来醉桃花；
近，可以为冰肌玉骨装饰金边，成为一个人的商标。
花盆帽、博尼特帽、花式阔边帽……
让多少女人风情万种、春风浩荡，
起起伏伏的山水，娉娉婷婷，
杨柳岸边的风景，因为这些帽子的春色，
催开了或小家碧玉或闭月羞花或倾国倾城的花朵。

高，可以预示蓓蕾们未来之龙凤呈祥，

低，可以遮挡孩子们人生之路的风霜雨雪。

蓝色双面虎头帽、暗八仙团鹤帽、福寿双全童帽……

一个人的春夏秋冬、酸甜苦辣、起承转合……

一个人的计划书、作战图、任务表、成果展……

全部浓缩在了一顶顶帽子的内涵与外延中。

丝绸皮羽、金银玉贝以及倾巢出动的智慧，

都曾在一顶顶帽子上找到了载歌载舞的平台。

一顶帽子，有时候就是一个人的江山，

遍地英雄、遍地多娇，谁敢不把内心的故乡举在头顶？

帽饰，一个具有多重含义的词汇

·1

一顶帽子，暗藏春晖

大将军盔甲在身，手持长矛

在楚河汉界处听流水鸟鸣

草木再枯，正当时令，北风为前导

任雪花飘落。一封家书被月光照亮

在方圆间，另藏乾坤

·2

帽檐宽大，擎起一方风尘

烈日下，把自己蛰伏在茂盛的原野上

或跟随一滴河水的脚步流浪

纯朴的草帽、华丽的遮阳帽穿越在夏日的脉搏上

在诗情画意中，成为禅意的布景

·3

在春光之中，再添上一支点睛之笔

仓央嘉措就会与他的情诗相会

浪子会在流浪的途中遇到家乡的路标

一只造型新颖的帽子

会让一个青春的梦，驻留更久

·4

居住在一座微型的城堡里

听外面的风声唱征服。远方有向往的生活

一家人正在推杯换盏

一块备好的补丁正在生锈

延续的旧时光，让旧人、旧事焕发新光彩

小夜曲平缓流淌，鼾声如惊雷般响亮

·5

这是虚拟的高帽子，戴帽子的人坦然接受

众人拾柴，火焰把一块石头烧瘦

虚空的大胸怀，装满颂歌

看不清五个手指的长短

把水中月当成天上月

伏笔一点点暴露，坍塌已不可避免

帽饰的美学启蒙

· 1

从秦时明月中跋涉千山万水，穿过历史的册页
诗书画的描摹和落款，一顶顶冠帽
落座在富美帽饰博物馆，在此安家，经营岁月的冷暖

或者述说着朝代更迭的变革，在冠帽上摇曳着
不同时代头上的风声。帽子，赢得了民心
撑开一片星空，适宜将人类的美德放大，用传声筒
将历史的风云娓娓道来，或者用倍镜，打通
不同帽饰之间的关联，谋划一场风华人间的展览

在富美帽饰博物馆，我们可以看见高居庙堂的帽饰
擘画山河，挥斥方遒，也能看见市井烟火气
温驯的帽饰，一生只经营家长里短，柴米油盐

· 2

帽饰的进程，就是人类的进程，从东方
到西方的历史长河里，每一种帽饰的美都是人类智慧的

苏醒，我们将内心里的向往和希望，寄予一顶帽饰

缤纷的可能，或带着浪漫与优雅，或修辞节序，或擎着山川

或蓄满悲伤，或浸润喜悦，每一种帽饰的命运

都是对我们记忆的启蒙，从古到今，从东方到西方，从出生到死亡

帽饰的繁盛弥补着人类的遗憾和缺陷，像一道耀眼的闪电

带给我们视野里的家谱和传说，延续着祖先的呼吸

一顶帽饰，有时也是我们传世的胎记，用来示人

· 3

小小的帽饰，承载着上下几千年的文脉和孤悬的故乡

一部分帽饰为光阴的故事引路，一部分的帽饰

贴近土地和故乡四时的变化，在灵魂深处诞生美学

衔接长幼有序，续集着陡峭的光芒。小小的帽饰，也是

小小的生活学，是耐人寻味的人间罗曼史

将女人的美镀上缤纷的精彩，头上的弧线，是她们一生的资本

在人世冶艳，蝶变青春和美貌；或者壮哉我男子气概

阳刚之气孕育其中，魁梧巍峨，冲破纷纷扰扰的栅栏

完成一顶帽饰燃烧的火焰，高于群山的美学哲思

不曾错过你我，人间星辰的暖意和山河安澜的愿景

致帽子

头顶上的风韵，协调穿着打扮

款式介于实用唯美。衬托身份地位

衣帽同等，单薄厚重材质用途

做工造型千姿百态。如影随形的整体

一顶帽饰烘托生活百态，拔高人间万象

意义在使用冠帽之外

强加于人的戴法，压得人抬不起头

收到奉承麻痹的高帽子，很容易落入陷阱

极不好戴的是"铁帽子"

"丢帽子"的事如今经常发生

能戴住帽子的人对自己约束严厉

戴与脱见证庄严也见证悲壮

这简单动作将礼仪情感表达分明

熨帖合适的帽子，在发际线上饱览风情

骄阳下隔离出一片凉意

寒冬时造就小气候温暖如春

额头间的瑕疵，被笼统地掩盖关怀

自卑落寞从帽饰呵护中唤醒抬头

时尚让爱美之心锦上添花

季节辗转创意无限，帽饰多情浪漫
流行的风向标从头发现，从头打理
那么和谐洒脱，英武精神
那么活泼庄重，天成浑然

帽子

头发的闪电帽子盛装

帽子收购冷暖，也歌唱年龄

帽子装饰岁月，也装饰行走

人生的生态文明

由头发和帽子衬托

岁月是云彩，流年巧装扮

帽子是喜爱的花名册

头发是帽子的俏皮话

可以用名词标识，也可以用动词飘扬

红扑扑的小脸，爬满沧桑的老脸

都与帽子相得益彰

平庸，可能是隐忍

辉煌，可能是冠绝

风雨可能是帽子的深渊

也可能是帽子的八卦炉

鸟语和花香，却始终是

真理的帽檐，帽子的三十三重天

没有比装糊涂更明白的豁达

帽子，可装头发也可装思想

粗也好、细也好

长也好、短也好

黑也好、白也好

都不适宜喧哗

蒋咏春

帽子之歌

For everyone who need a hat,

and a hat for every specific occasion;

每个人都需要顶帽子，

一顶有着特定意义的帽子。

A hat when baby was born,

and a hat when people go away;

出生需要，死亡需要。

A hat to mourn,

And a hat to cheer;

哀痛有它，欢快有它。

A hat to leap,

and a hat to rapt;

雀跃有它，沉迷有它。

A hat to keep warm,

and a hat to keep cool;

御寒有它，遮阳有它。

A hat to be retro,

and a hat to be modern;

复古有它，时尚有它。

A hat for war,

and a hat for peace;

战争有它，和平亦有它。

Since

Aa hat comes to the world

people

would Need it

forever.

自从帽子来到这个世界

人们就离不开

它了。

富美帽饰博物馆，诗意的邀约或艺术的传递

· 1

在富美帽饰博物馆，我用诗意的目光擦拭

擦拭历史的底色与人文的素养

历史写下的波纹，在每一顶帽饰中

都记载着岁月长河中的故事

社会公益性与文化产业性并举，在富美帽饰博物馆

我见证着公益与专业性的社会功能

在一种艺术的传递下，承载着帽饰的文化与内涵

一座馆藏里的帽饰之城，在文化与历史的传承里

吟哦着古意与清雅的篇章。千年历史的传递

在一顶顶帽饰的诗意里，俯仰着文化的诗篇

一枚诗意的唇语，在富美帽饰博物馆的建造里

书写着文化与贴心的内涵

帽子一峰青可掇，隔墙不敢略开门，在古韵的诗意里

书写着帽饰的文化与内涵，历史的传承

在帽饰的光影里，写下一枚掇丽的词牌

一层涟漪铺陈的诗句，在帽饰的彩页里

悠然着宁静与洒脱。一切都归甄于安逸

在富美帽饰博物馆，我在一顶顶帽饰的线条里

品读着时代与历史孕育的宽宥

底色衬托的逶迤，在每一顶帽饰的华美里

邂逅着巧夺天工的自然，雕琢着诗意叠加的美韵

· 2

我只是在你华美的布局与历史的熏陶里

注视着欧陆美丽的西方帽饰

19 世纪彩色版画、蕾丝绣花博尼特帽、法国时尚小报、婴儿洗礼帽

在一顶顶华美的帽饰中，塑造着历史的眼眸里装点的星光

一层叠影的字词，在美丽的帽饰中

翻卷着无尽的诗意。拔节的文化与富美帽饰博物馆的底蕴

在一顶顶婉约的帽饰中，暗记着历史的标记

岁月星光里的屋脊，在历史装点的厚重与底色里

填充着每一顶帽饰的力量。诗意的字词与镂空的线条

在帽饰的精美与华丽里，斑斓着历史的呈现与流韵的图文

一阙诗意的呓语，在富美帽饰博物馆的优雅与构造里

拓宽着文化里的传承，提供着艺术里的内涵

· 3

诗意的标定与帽饰博物馆的底色与插图

谢松林

在儿童世界的祝福印记里

我目睹着蓝色双面虎头帽、彩缎拼接过桥蝴蝶纹辫穗凉帽、平绣

暗八仙团鹤帽、平绣书生式福寿双全童帽

在一阕清澈与幸福的呈现里，我见证着童话里的故事

古意的绵帛，在每一顶帽饰的线条里

仿佛有无数的梦想，汇聚在一顶顶帽饰的插图中

历史的美誉与文化的素养，在富美帽饰博物馆的真挚里

我看到一份对帽饰护佑的真情

掬水为饮，在感恩与感怀中，呢喃着对帽饰的情谊

历史的文化与华美的图章，在亘古的传承与不变的诗意里

流泻着一朵烂漫的彩云。帽饰的颜色

在无数华美与祥和中，包容着万物的隐喻

变换起伏，在富美帽饰博物馆

我用一座城市的美学与深度，演绎一阕帽饰博物馆的前世与今生

·4

历史的图文塑造亘古与诗意的华章

调配的心灵，在大清衣冠的朱缨宝饰中

见证着砗磲六品凉帽及藤编帽盒、素金顶七品暖帽、蓝色玻璃顶

三品凉帽、白瓷顶戴、双眼花翎

深邃的眼眸在历史的画卷里，叠加着传承与文化

一顶顶帽饰里的历史，在富美帽饰博物馆的收藏与保护里

孕育着古老清辉里的字词，内心的遐想

在诗意的舟楫与华美的蝶变里，传承着帽饰的古老与恢宏

岁月无声，将每一顶帽饰的历史，都传承给延绵的诗意

在时代与发展里，建设着传播知识，国际一流的领航目标

艺术的传递与文化的内涵，在诗意的邀约与古韵的图册里

缔结着一份传承的信笺，以帽饰的身姿做封面

在一阕文化的调息与传承的平仄里

感喟着文化与历史。精美的纹路

在每一顶帽饰的样貌里，加深着传承的历史，塑造着文化的寓意

关于帽饰的一切

巴拿马草帽一戴

南美洲左岸阳光滂沱

法兰西羽帽一戴

大西洋上空鸢鸟坠落

鄂温克狍子帽一戴

漠河的雪下满了全世界

鎏金点翠旗头一戴

朱墙翠瓦宫门重掩大殿回声

历史轰鸣着　千秋万代

一挥手

宝石嵌进故事

丝带系住流年

暖耳为了听见

眉勒为了看见

曾经我们戴帽饰

为了向人证明　你是谁

现在我们戴帽饰

为了告诉自己　我是谁

戴虎头帽的是孩子

你要放声大笑　将凝固的四季颠倒

戴军帽的是士兵

你要于狼烟屹立　成为雕像和地基

戴盔头的是角儿

你要演尽悲欢离合　给所有不得唱一首歌

帽饰它站得比人高

帽饰它全都知道

帽顶上是时尚

帽檐下是人生

这就是关于帽饰的　一切

张爱琳

冠饰里的河山——在南通富美帽饰博物馆

帽子底下已经没有了人

泊在这座精美的博物馆，他们

主要用于陈列、展示或者典藏……

乌帽、峨冠、冕旒……

海龙、彩锦、乌沙的材质

顶珠、砗磲、镂金的装点

在冠饰文化的背景下获得平等

不再担心倒冠落佩，或者张冠李戴

帽子底下，扣着汗渍的包浆

时间的痒、尘埃的白发

以及，量身定制的空虚与回忆——

儒冠下书卷气的博带

红缨盔里隐约的剑气

毛呢礼帽、雪茄、文明杖

挂着优雅的仪态，飞碟绢花帽

扣着十九世纪的经典回眸

水兵绶带帽还沾着一些涛声、鸥鸣

而那顶残旧的八角帽，扣着一曲

嘹亮的军歌，激情的陕北……

有些帽子阔大，令人喘不过气

有些帽子狭小，须削尖脑壳

有些人穷其一生，只为佩戴一时

有些人奋斗一世，只为将其摘掉

宝石的帽饰，也镶入觊觎的目光

庸常的斗笠，也嵌着传奇的风雨……

身处不同年代、国度、身份的冠饰间

就是在百态人生里穿越

驻足、流连，就是让帽子

试着戴每一个人……

于
力

帽饰意象 [1]

南疆北域万种风情　摇曳生发人文之花

通达古今　礼仪之邦以华冠厚涂丹青

富载史册浩荡春秋　温暖沧桑霜寒两鬓

美学涵盖世俗平凡　传统为摩登加冕灵光

帽以实用为本心　绣织时代迁徙艺术景观

饰亦可为尊　令眉宇之上层叠自信轩昂

富于修饰　婉约或豪放　星辉了霓裳羽衣

藏锋蔽光　淡泊从容然后远行千里

雅趣塑造格调品位　心性纹饰气质仪表

韵味随衣袂飘动　画龙点睛　光彩升华

传风格于细节深处　造个性标示底蕴深度

承载简朴奢华　帽为心旌写意人生情怀

于市井中昂首盛放　将爱与呵护繁衍成信仰

美若玲珑徽章　印刻在曼妙红尘画卷里

李艳萍

---

1. 此诗为藏头诗，每句诗的第一个字与后面诗句的第一个字连接起来，可以构成一句话。

帽饰，顶起生命的天空

在富美帽饰博物馆，可以从
顶顶帽子上看到颗颗头颅顶过的天空

毛皮上的风雪，萦绕铁盔的烽烟和乌云
竹篾上滚动的艳阳
禾草中留下的日晕。帽子为一个人
挡住些什么，也一定
为其泄露了某些秘密。比如身份、命数
抑或一张脸的阴晴

帽子下有人，有一群人
无论贵族、将军，或布衣、隐者
都聚在一起，并用一顶顶帽子，对话
话时光的嬗变与群峰的位移

帽子是人的山峰，有的会在蓝天上
刻下主人被加冕的简史
有的会遭遇崩塌
帽子也就成了葬人的坟冢

程东斌

有时，帽子是一个人的头等美事

帽子下的新郎、学士，被冠以的荣光

会照亮脚下的路

有时，帽子是一个人的信仰

帽子下的军人、法官

需要一生去践行使命，恪守尺规

将太阳做帽子的父亲，乐于田野劳作

将月亮做帽子的苦楝树

默守故乡，等一个人回家

冠帽辞

棉，麻，丝，帛，塑
钢铁，宝石或者黄金
温暖，美好或者荣耀
人类的头颅
成就了所有的冠

有形，可以饰佩头上
抵御岁月的风霜雨雪与骄阳
无形，可以适佩心上
品味人生的悲喜，耻辱与荣光
一冠一天地，世事无常

桂冠别出一格
它与显赫的头颅一道
滋养美好至上的事物
孕育灵动伟岸的思想

冠及桂冠，无关虚实
都是人类大脑的卧房
冠若温暖，心即朝阳

刘喜良

帽饰，生活王冠上滋孕的美的繁衍力

在南通市富美帽饰博物馆

这些旧帽冠，还没有颓唐

它们受命于一个又一个朝代，为岁月续命，为万物立传

一束薄光里，展台上的时间清空了籍贯

帽饰用余生挽留住展台

等候我们一次次拜访，参观，瞻仰

衣从风俗人情中一再把我当成客人

从不随意地让我误读历史。我一再止步辨认

设想这场参观的盛宴

盛放着无穷的生活的气息

每个帽饰甜美的光景

与曾经佩戴它的人完成了生命的纵横突奔，在额头

曾撑起苍穹的星子平起平坐……

我看见在江南的烟雨中行走的千万个脊背

河流密集的南通，妇女的头饰缀满灿烂的世间

沉宏地修补含蕴之舞步

仿佛鹅卵脸的额头

让生活着的山河更加葳蕤灿烂。当然，比帽子更让人集
中目光的是

这些帽饰花纹，边缀，图案，色彩，布料质地

稀疏着又集聚起来，仿佛历史深处的褶皱

被它们无限制地救赎了出来。

蕾丝绣花博尼特帽

我们交换对美的认知和看法，包括这聚灯光下

琳琅满目的所有头饰，被岁月用旧

头冠上的风光，噙着一双清澈的眼神

优雅迷人的长发瀑布一样，面孔漂亮

博尼特帽在大洋那端越来越注重生活的仪式……

此时生活不绝的灵性极力地

完成一个年轻女子荡漾的青春，她眼中的光亮

在镜子面前，换上纱裙，梳好长发后

端详自己戴着帽子的美妙的身姿，和燃烧殆尽的岁月……

作为参观者，我让想象承担漂洋过海而来的珍贵和存在

它负责生命力的延续，使一个时代从内部撑满

讲述传奇，热爱，和长久的抚慰

李元业

那些女人们要完成的迷人，优雅，知性

按捺不住要从这展台上跳跃出来，将另一种力量开启的

漫长而疏松的日子

攥紧，拥抱，静静孕育南通一角美的力量。

官帽弯枝

"它曾经权倾天下，帽络间的璎珞是做官为民的半壁江山"

我看见一段干净的官场……更声中的诏旨

边关烽火，以及奏章中的每一撇一捺。黄金的筋骨

牵着平原的微风，衙府，八斗米

用旧了的官职，留下博物馆等我

作为它自己奔赴未来的起点，隔着橱窗、展台、灯光

观望者在窥探一个时代的质地，昌盛，一个配位者

他的气息，温度，光泽

仿佛在一顶官帽弯枝上完成了自己殷实的一生。

帽针

帽檐上，耀眼光泽充盈着美的回声

大脑和灵魂，整体的时间和我如何从光阴中分辨出

旧物擦亮的悦耳的音符

光的波纹在展台上，拨动一股向上的力。

它在等待着认领，还是为成为永恒的象征

变得更加敏感？

宝石，边缀，也许有一点点不甘

仿佛走失的额头在历史的转折处藏身……

时间静止下来

摆放着的帽针，成为彼此之间的美的整体。

我留意它的纹路，巧手复活的衣饰的符号

命令我凝神

直到它成为一种精神的舞台

收纳曾经的一颗颗不舍之心，描绘万水千山……

帽饰礼赞

你从远古走来，
带着人类拥抱文明的风采；
你向未来奔去，
带着新时代的昂扬气概。

你紧紧扎根当下，
多姿多态，传承有序，
愈来愈美，人文精彩。

你以独特的作用，
扮靓男女老幼；
你用忠诚的态度，
服务伟大时代。

你有着顽强的生命力，
你内涵厚重长盛不衰；
你有着浓郁的民族风情，
你是服饰发展史上的光辉一页。

有容乃大，

你接纳着无穷的细流，

积水成渊，高深莫测。

无欲则刚，

你经历着厚重的沉淀，

洗去铅华，气质自在。

帽饰，你是头顶的明珠；

帽饰，你是审美的寄托；

帽饰，你是众生的挚爱。

我愿把深情给你，

打一个情感的地标，

为你增光添彩！

我愿把聪明给你，

建一座智慧的展馆，

陪你千秋万代！

李雪丽

为新时代加冕

这只是一团锦绣吗

历史的跫音自会告诉你

文教的色泽、礼仪的分量

连着俯仰间服章的美不胜收

这冠、帽、巾、帻、弁

这冕旒、那远游

这进贤、那貂蝉

这獬豸、那兜鍪

不信么

请看那扯起纸鸢欢叫的孩童

鬏上必定扎着条条彩缯

请看那款款施礼的少妇的风流

碾玉步摇袅袅满头

请看那苏学士引领风潮的高桶帽

一耸一耸到云梢

请看那大红顶戴上衔着的精灵

尽是宝石、珊瑚和水晶

了不得呦

这顶上功夫

像一道斑斓的虹

几乎可以成全所有的风景

了不得呦

这顶上功夫

既然你的风流永远不会被雨打风吹去

就请恣意亮出几道手段

为这辉煌的新时代隆重加冕

夏德伟

帽饰的浪漫

每一件帽饰，都记录了

一段过往，一段回忆

帽身上缝制的精美图案

是主人家的小情绪与俏皮

帽边处的柔润线条，勾勒出

老工匠的期待与内心细腻

从出世、传承，到改良

文化在沉淀，历史的宝藏在含蕴

和帽饰相关的一切

简单真实，又触手可及

有古代王朝、刀剑江湖的波澜壮阔

也有新时代人民的自由洒脱

有的是风情万种，有的是高大威仪

有的见证了风雨下的冷暖

也有的映照了生活中，那七彩虹霓

帽饰，已经融入"人类"二字

他诞生自人类先民的生活需求

成长于天南地北的特异想象

他可以是红色，是西瓜成熟后的甜蜜

可以是高立着的战士，张扬着青春与个性

可以海水般温柔，慰藉渔民的勤劳与艰辛

可以坚硬似钻石，可以温暖如春风

他可以是能想象到的一切

可以是那一切，人类想要的欢喜

这是他的浪漫，也是他

千年的陪伴与深情

胡尚剑

关于帽饰的美学意蕴

如果对于帽饰刨根问底，那一定是去南通富美帽饰博物馆

太多的帽饰被南通美学起来，带着帽的尖叫，带着饰的荡漾

像花朵急赴万丈落英的盛筵，从古老的唱词里出来

像是谁在抚摸和斑驳这生活的庸常，粉色的、蓝色的、黄色的、

黑白相间的

在帽饰之上平平仄仄，任你丹青妙笔

冠、冕、弁、帻、巾、笠……都蓄满了匠者的蕙质兰心

只要稍一碰触，便会肆意铺张

帽饰铺展在阳光下，飘逸，洒脱，风情，像蝴蝶的翅膀

孕育的心跳，很容易让你沉迷

放弃叶子和花瓣，隐于一件帽饰的内心

你就会感受到，南通的灵魂和影子

像冬天里隐藏的春天，早已摇曳在斑驳的树荫里

迎面而来的姑娘，沸腾了我的心跳

在南通富美帽饰博物馆，我的眼睛

被一顶小礼帽一再洗亮

"蓦然的回首，注定彼此的一生

只为眼光交会的刹那"

很想掀起你的帽饰来，让我看一看，隔世的情缘

美需要更大的留白

找到一顶帽饰的朝代，抑或厂址，抑或帽饰的成因

放到帽饰的文明史中，与花朵绽放的声音一样美丽

那些各色形态的帽饰，在云朵之上天空之下

泄露了风和阳光的呢喃，泄露了风和阳光的方向

一首首唐诗宋词探出帽饰，在我的撰述下绽放

我开始有一个简单的愿望，带着帽饰游遍天下

带着帽饰，就带着了阴凉；带着帽饰，就带着了诗意

带着帽饰，就带着了美学；带着帽饰，就带着了你和故乡

此刻，我最渴望的就是，带着帽饰游遍天下

一段青春的剪影和如诗的岁月，不过是用美提携着美

它的构思，它的质料，它的饰花

它的玲珑，它的轻盈，它凹陷的冒顶藏满的诗篇

溢出了对美的灵魂共鸣，像夏风一次次在身边推波助澜

要清凉就清凉到底，让帽饰的多情，逼退酷热

让帽饰的轻盈，颠覆时间，让帽饰的精致，潦草山河

温
勇
智

帽饰，一个时代的文明象征

朴素的帽子，为我们遮风挡雨

为我们驱寒保暖，面对一顶顶帽子

有皇权身份的象征，又浓缩着一个时代

经济与文明的现状

帽饰，陪伴着我们一个个日子

精彩了长长的岁月，无论是达官显贵

公子小姐，还是平民百姓

从生活点缀到实用，都有它时代的价值

从文化载体到哲学灵魂

人们总会从每一个帽饰中寻找到答案

所有高尚与卑微的人生

帽子下的那双眼睛，都在用发现美的眼睛

打量着这个世界，或者自信，或者好奇

厚德可载物，而人类出现的那一刻起

帽饰就开始紧紧相陪

绣、镶、补……

于是，帽子上有了金银、珠宝、玛瑙

呈现主人的富贵荣华，彰显了成功者的精气神

从南到北，从多民族聚积地，到少数民族的村庄

帽饰带来的文化，让文明一一递进

串联起人民历史的融洽与包容

每一款帽饰都有一个美丽的传说

大唐、西域、中原，广阔的世界，游走的图腾

岁月的沙漠掩埋了历史，可一顶帽饰

确珍藏着无边的记忆，所有的离别情絮

都在南通市富美帽饰博物馆里凝聚

就让帽饰伴随着每一天的风雨和阳光

连接成一个东方国度文明交流的链条

穿透古今帽饰变迁，穿透那些岁月

寻找到东方文明所有的真情

王海清

帽之琢

帽之源

遮天蔽日之劳作

络头、陌头、峭头、幞头……

三教九流之尊卑

令士平定巾、庶人四带巾

乐妓舞伎绿头巾……

天子"通天冠"、太子"远游冠"

乐师佩戴"方山冠"……

俱秦汉矣，为头为源为本

帽之雕

用料优劣之品质

黔首巾、苍头巾、青纱巾

白魟巾、白鹭巾、鹿皮巾

羽扇巾、诸葛巾、东坡巾

款样形饰之雅俗

绸缎织朵，精细雅致，含苞待放

丝绢结蝶，惟妙惟肖，触手可及

俱魏晋矣，为脸为誉为荣

历代帽饰，以此类推

或隋唐宋为心，与潜规则为伍

或明元清为面，与黑白道为列……

帽之琢

或如瑰宝，释怀厚重文化

犹如夜空繁星，永恒闪耀

或如草木，施展栉比风采

宛若天际红盘，照透善恶

或如煮酒，感慨清浊人生

恰似扉页插图，风情万种

帽子上的诗意、气节和风骨

屈原的峨冠撑起了一个折叠的人间
冠冕之上的天空，早已备好了闪电与孤愤
也备下了奇崛的雷声。闪电与雷声来源于民间
孤愤则根植于黎民。此刻，万物有序，悲怆无门
高冠长剑的诗人啊，星辰已坠落，你的帽子无法承重
黎明前的一小段黑暗，汨罗江也载不动一颗被流放的灵魂

竹林七贤的巾帻，已被风和醉意弄散
七人啸聚，隐于一片竹林，就以竹叶为冠
立于一个像竹露一样澄澈的小天地，仿佛七个隐喻
走失于魏晋的黄昏。在光阴深处，以竹为刀
刮骨疗伤，脊梁骨比竹竿还笔直。而嵇康临刑抚琴
人鬼俱寂。刽子手一刀将嵇康的帽子和《广陵散》斩成绝唱

李白的头巾上，三千月光和诗意，倾天而泻
酒杯里倒映着明月和一顶桀骜不驯的帽子，还有醉卧的蹉跎
以及被窖藏了千年的抱负。斟满滂沱的沧桑与隔世的疼痛
大醉的盛唐和繁华的古长安，戴不稳李太白新晋的一顶乌纱
落日很瘦。瘦得掩不住五花马的蹄声，藏不住一盏万古愁

只能拿帽子上一轮盛世的明月，兑换些散碎的银两，沽酒

杜甫的幞头裹着旷世孤独，落木萧萧对应一个人的忧国忧民
他正了正衣冠，迎着江风登高，残旧的身躯像一座失重的江山
他的帽子上涂满大唐的暮色，用悲愤的诗句，扶起破损的山河
秋声悲万里。他用一滴酒反复斟老了自己，一首七律酌尽了沧桑
白发是岁月翻晒的一剂良药，帽子也盖不住一个王朝的病灶
杜甫头戴一顶现实主义的帽子，用一截冻死骨戳准了国家的软肋

赤壁的江风吹拂着一顶"东坡帽"，苏轼看见江水里软眠的三国
在惊涛里翻身，醉拍江岸，卷起千堆雪，词语凌空飞舞
一阕宋词散成了千樽雪花，再加上一杯月光，就可豢养一条大江
背负乌台诗案的苏轼，为羽扇纶巾的周郎，支付了一生的豪放词
那就打包好一阕惊涛，将赤壁的乱石负在背上，让疼痛隐入内心
戴上"东坡帽"，持竹杖，穿芒鞋，身披一蓑烟雨，管他风雨和阴晴

胡云昌

叹帽

帝冕新更旧，冠传百代悠。
蓑翁斜箬笠，戍卒紧兜鍪。
学富簪花喜[1]，才疏续尾羞[2]。
独孤聊侧帽，千古叹风流[3]。

朱利文

1. 司马光《训俭示康》中有"二十忝科名，闻喜宴独不戴花"一句，可见宋代考中进士后簪花已成风俗。
2.《晋书·赵王伦传》："奴卒厮役亦加以爵位。每朝会，貂蝉盈坐，时人为之谚曰：'貂不足，狗尾续。'"
3.《周书·独孤信传》："信在秦州，尝因猎日暮，驰马入城，其帽微侧。诘旦，而吏民有戴帽者，咸慕信而侧帽焉。"

斗笠的挽歌

父亲就这样匆匆忙忙地走了

那时正是梨花凋谢的时候

一路扬雪，覆盖着他

踩过坎坎坷坷的脚印

来不及与我们泪奔的遗言

在油污的斗笠里

泻出断断续续、闪着光圈的文字

山棕榈编织的斗笠

朴实，坚韧，柔柔

涂抹着岁月的盐晶

在你秃头的山岗上，巍峨升起

我们启航海洋的风帆

纵横交错的篾片

在肆虐的台风中

劈出一条抵达港湾的航道

渍黄而酸楚的气味里

野性的水手

长成了睿智与砥砺的船长

张向阳

如今，蕴藏血尘的斗笠

在阁楼上佯装闭目养神

亦如少言寡语的你

喜欢在午夜里，透过窗户

默默地窥视我们彷徨的身影

不约而来的夜风，常常裹着

斗笠梦呓般的歌谣

我们知道，那是你——

一个父亲在天堂寂寞里

吟出的放心不下的挽歌

传递着亲人隔世的悲怆

蝴蝶结大檐帽

流云飞瀑 [1] 一相逢，环燕芳姿便不同。

贴鬓翩翩蝴蝶翼，美人头上动春风。

郭宝国

1. 指女子秀发。

帽饰，岁月的回响与历史的见证

漫步在南通富美帽饰博物馆

依稀看到不同肤色、不同年代的人，纷纷行走在光阴的回溯里

一顶顶各式各样、古今中外的帽子，多像一个历史的

万花筒，变换着风格迥异的流风遗俗

人到中年，忽而忆起儿时的虎头帽

少年时的雷锋帽，青年时的军帽，中年时的前进帽、棒球帽、礼帽

或鸭舌帽，让你怀念。为历史之美，留住根与魂

不同国家，不同民族，不同风格

不同时期的帽饰，印证着时光的流逝，文明的发展进步。每一顶

帽子，都是一个年代缩影。多少历史段落，从帽饰开始落笔

曾几何时，帽子一度成为权力和地位的

象征。从帝王将相，到文武百官，一顶王冠或乌纱帽成就了一个人

一生的辉煌。光彩照人的帽子，让你风光无限、魅力无限

在帽饰博物馆，心灵被精神食粮，无声滋养

近五千件帽饰藏品，三百余件帽子、暖耳

眉勒、头饰，奠定了帽饰文化的璀璨。俨然是一部帽饰的发展史
追忆着似水流年。从最初御寒遮阳，到后来作为礼仪
装饰的饰物，小小帽子的演变史，被时代唤醒，被春风返青

异彩纷呈、品类齐全的帽子、饰品、服饰
各民族的冠帽文化、冠帽衍生器物，放射出熠熠的神采。来自
国内外的帽饰藏品，成为岁月的回响与历史的见证

置身于帽饰的摇篮，不同材质的
帽子，对应着不同的时代。草帽、斗笠、棉帽、毛线帽、呢子帽
皮帽、裘皮帽，生活的变迁，在一顶顶帽子上越发清晰
魅力时尚的涓涓溪流，汇聚成引领时代的潮流

人文、信仰，多元文化的交融，犹如一盏盏
灯火，照亮历史的入口。时光的倒序，从爷爷的旧毡帽、父亲的
厨师帽、女儿的学士帽说起。帽饰的历史渊源
对应着一个个不老的光阴故事，唤起一代代美好的回忆

· 赵长在

帽子的故事

帽子的故事总是从头说起

掀起深藏的一段岁月

少年时不堪帽子的破旧

把羡慕瞥向别人

保暖似乎并不重要

可随意选择帽子时

天气一改冷酷的表情

更多的衣服与帽子联姻达到完美

不关心别人帽子的年纪

好像美也被看淡了

帽子有形视而不见

帽子无形却偏偏

成为了负担

得意时谨防被戴高帽

身处逆境又需经得起被扣帽子

人生总会有一顶帽子

让记忆醒着而挥之不去

它是服饰也是陪伴

更是一种习惯和依赖

戴帽子的男人显得成熟

戴帽子的女人增添了温婉

帽子与生俱来的优势

独享无上荣光

幽怀不减，逸兴徒增

忍受风吹日晒也是责无旁贷

指尖轻戳它的神经

瞬间化成了一道闪电

刘旭昌

沁园春·参观南通市富美帽饰博物馆感作

别有风情,偏多妙趣,岂会无聊?问谁来翻阅,帽中《史记》?我来朗读,顶上《离骚》。展示西东,贯穿今古,饰得尘寰分外娇。流连处,看凤冠典雅、翎管时髦。

曾将岁月轻描。便休说、此间往事遥。忆孙公[1]昔日,周游列国;尽倾心血,贮满琼瑶。四百平方[2],十年理想[3],莫忘功劳与苦劳。知音者,更仰其品格,屡屡嘉褒。

曾入龙

1.孙公:指富美公司创始人孙建华,南通市富美帽饰博物馆由孙建华创立。

2.四百平方:南通市富美帽饰博物馆共占据 414 平方米。

3.周游列国、十年理想:早在十余年前,孙建华就开始筹备设立南通市富美帽饰博物馆,帽饰藏品均为他多年来游历各国、不断收集所得。

冠顶

上履苍茫

落于青黄

或穿梭滚滚的麦浪

或侧耳凝神听冷铁铿锵

或高阁妆奁攀缠绕指香

姿态琳琅

都曾见证同一个太阳

隔着千万重山河交汇

是历史的呼吸不忘

冠服既成

是以协和万邦

刘曦阳

我有许多顶帽子

我有许多顶帽子

遮了一些风　　沾过几点雨

但深深的帽檐底下

还是藏着许多心事

我有许多顶帽子

万千世界里　　平添一朵花

不会盛开也不会败落

仿佛鲜艳也会停止

我有许多顶帽子

这人间一趟　　来晒晒太阳

总有些颜色不褪去

总有些顽皮被珍惜

我有许多顶帽子

荏苒如梦蝶　　春去浮生歇

纵使说了再多次我爱你

可是脑袋里仍有恣意

金晓文

风之舞——记帽饰

风吹动你的帽子，

它跳跃着，像一只活泼的兔子；

它在暗夜里灿烂，

闪闪发光，像一颗跳舞的宝石……

从软呢帽、贝雷帽、无檐小便帽到大礼帽，

从发顶端到脖围，完美地包裹着你，关切着你。

无论是冬天的寒冷，

还是夏天的阳光，它都在那里。

仿佛那个他和她，

为关心的人儿准备着，足够的温暖和保护！

帽子也是我们与外界的桥梁，

它传达了你的风格，还有你的态度和情绪！

有时，它可以是一种隐藏，

半遮半掩中，埋藏着你的内心；

有时，它又可以是一种显露，

让你在人群中脱颖而出！熠熠生辉！

吴安琪

帽子也会陪你走过时光长河，成为生活的见证和符号。

当你回首往事时，它会唤起你的回忆和思绪。

不同的人有不同的帽饰，它的个性，属于那个独特的主人。

伴随我们一路走来，见证成长和历程。

它一言不发地陪伴着我们，

风雨无阻，让我们自信地面对每一个挑战。

帽子是我们值得信赖的盟友，愿它永远在我们身边，

当我们穿越人生变化的浪潮时，踏歌而行，迎风而舞，

它就是我们远行的宣言！

咏冠

徜徉九天阊阖殿，万古长空任尔行。

出将入相卿常伴，平民布衣仍未离。

遮风蔽日情难寄，世间唯汝知君心。

汇聚帽仕寻归宿，一顶乌纱传到今。

5

POEMS

特约诗

帽子

在百度里，

我输入"南通""帽子"二词，

出现三个结果：

"帽子桥""老街帽子店""帽子哥生蚝"。

我打开帽饰博物馆的网站，

无数帽子在小视频里闪现：

冕、弁、络头、斗笠……

草帽、礼帽、军帽、渔夫帽、藤草帽……

孩子们戴着虎头帽在玩耍，

头盔在灯光下陷入回忆。

我在导航仪上输入"衣冠冢"，

没有结果呈现。没有任何路

通向我们不知道的某处，但我知道，

一直有人在那里整理缨冠。

而当我输入"帽子"一词，

无数的小图标出现在地图上，

像一顶顶小红帽。而我，像个在世间
突然不知该往何处去的人。

有的帽子挂在墙上、帽架上，
是对头颅的纪念。
有的帽子挂在时光深处，
是对消逝的脸的纪念。
我记得祖父戴过一顶纸糊的高帽子，
挨完批斗，他把它随手挂在树枝上，
那根树枝惊恐地晃个不停。

有的帽子则是帽子的变形，比如一座桥，
它戴在河流上，从不移动。
有的帽子则像一个虚拟的影子，
比如你去烧烤店吃生蚝，看不到帽子，
看见的，可能只是个忙碌的光头哥。

◉ 胡弦　《扬子江诗刊》主编，鲁迅文学奖获得者

关于帽子

万物皆有帽子

有的可见，有的不可见

梅花鹿以鹿角为帽

方尖碑以闪电为帽

你的帽子，可能出乎你的意料

戴上帽子的蜡烛是危险的

那微弱的火焰

既可照明，也可毁灭

取下帽子的笔同样危险

那犀利的笔尖

可能讲述你想疏远的真实

我经常为一个词寻找帽子

它瑟瑟发抖，犹如面临审判

我经常为一首诗寻找帽子

多数默不作声

总有一首，每字每行都面露不屑

是的，哪有能配上它的呢

李元胜

好诗不需要帽子

我们曾以童年为帽

不是每个帽子都是甜的

我们曾以青春为帽

自带翅膀，让奔走也像飞行

它们有积雪的属性

或瞬间飞散，或缓慢消融

只是帽下之人并不知晓

哪有永恒的呢

夫妻互为百年之帽，也有取下时候

或许，不可见的才能如影随行

比如后天之帽：名字

遵从内心的人必被溅上污泥

比如先天之帽：命运

而我从未服从过它的安排

● 李元胜　中国当代诗人、作家，鲁迅文学奖获得者

帽子轶事

我爷爷的衣冠冢里埋过一顶帽子
"一顶礼帽。"我父亲晚年
告诉我：没有人见过你爷爷的尸身
而他也只见过他年轻时的样子——
拄着拐杖，戴着礼帽，手上还握着
一把扇子；有时候他会取下帽子
护住胸前湿透的青衫，来回扇
——那是他从城里归来的样子
我父亲说他从来不敢问他去了哪里
直到他死后，也不敢想象他
去过的那些地方究竟有多神秘
二十一岁那年，父亲有了自己
专属的帽子，一顶无形的成分之帽
他整天戴着它下地干活，在烈日下
把自己晒得漆黑，干瘦又结实
生活就是日复一日，风里来雨里去
我出生的时候，稀疏的江汉大地上
到处都是草帽晃动的身影
我的第一顶帽子由宽阔的风声编织

张执浩

我的第二顶帽子是浩荡的阳光

我的第三顶帽子是一场瓢泼大雨

漫天星光由头顶浸入脑海，化成了

这一生最美妙的记忆。直到七岁

那年，我有了属于自己的真正的帽子

我曾在上学的路上四处采集多汁的树叶

然后把绿色汁液使劲涂抹在帽子上

那是我的第一顶帽子啊，只要我戴上

我就有了草木之心，我就能消逝

在风声鹤唳又风平浪静的过去

◉ 张执浩　《汉诗》执行主编，鲁迅文学奖获得者

温暖的画面

我时常远眺那些

温暖的画面——

葱茏的蚕豆间

一块熟悉的蓝花布头巾

正慢慢挪近

驼背的小脚外婆

利索地挎只竹篮

装满了粽子和鸭蛋的芬芳

眨眼，我的耳朵

开始期盼一种铃铛

邮递员的单车有我的方向

大檐帽下的微笑

伸来我认真等着的每一封信

其中会有一颗最滚烫的邮戳

长剑，酒壶，快马

八十年代种下的侠客梦

张羊羊

总留给我一个斗笠的背影

还有那宋朝雪后的黄昏

身披斗篷的女子

在手托香腮泪水盈盈地写词

那么好的过去

因为渐远，又仿佛挨在身边

◉ 张羊羊　　著名诗人、江苏省作家协会签约作家

帽子简史

在乌村的小庙前

祖父戴着乌毡帽

跪拜，上香

一阵冬雨，熄灭微弱的火焰

那些刚打骨朵的梅花

站在黄墙外，沉默不语

从泥泞的乡村道路出发

父亲戴着蓝色帆布帽

到城里上学

春雪降临的时候

脸上的冰霜化为水雾

他看不清前方的路

十三岁的少年

我戴着鸭舌帽

旷课打架，东游西荡

从集市到麦田，从黎明到黑夜

当我的头发花白，帽子也破了

育
邦

一阵凉风吹来，刮走了帽子

而我依然——在路上

◉ 育邦　著名诗人、《雨花》副主编

后记

POSTSCRIPT

在帽饰这个细分领域里，我总想做些别人没有做过的事情。征集101首关于帽饰的诗词歌赋便是其中之一。一百人的心中就有一百个不同的哈姆雷特，我很好奇，在不同人的心目中，帽饰又意味着什么呢？又有多少不同的理解和情感连接呢？当我收到近一千五百首诗词歌赋以后，我的眼界被打开了，没想到小小的帽子有这么多的解读！我的内心被感动了，没想到小小的帽子，引起了这么多人的回忆！没想到这么多如此用心耕耘奉献的诗词作者，奉献了这么多美好的辞章！我没想到有那么多人对古今中外的帽饰文化有如此深刻而广博的理解！

作为活动的发起人，我在这里对所有的参与者表示深深的感谢和敬意！

有人问我，为什么我做的项目或收藏大多以101计？我说，在中国文化里99略显不足，100又显得太满，只有101意味着又一次新的开始。而在这次评选中，发现101首实在是难以包容更多的美好的诗篇，只能做一次突破，选了更多的作品。因为对我们而言，重要的不是选择101首诗，而是在保证这101首的同时让更多的优秀作品得以传播，让更多的作品不被遗漏或忽视，从而更好地传播帽饰文化。

评选中难免意见不一，有时也只能忍痛割爱，虽然我们相对公平严谨地评选了一、二、三等奖以及优秀作品，但入围的未必完全不如获奖的，增加的作品，也未必不如入围的。而我们之所以扩大了范围也是为了让广大诗词歌赋爱好者和时尚爱好者们一起来鉴别一起来欣赏。

获奖不是最重要的，重要的是从这么多篇的诗词歌赋中得到灵感的启迪，收获新的认知，了解对帽饰这一现代时尚单品的不同解读，从而让我们的生活，因为帽饰而更加丰富更加美好！

帽仕汇创办人　孙建华

2023 年 3 月 18 日，深圳—上海古北

图书在版编目（CIP）数据

帽饰有诗意 / 帽仕汇编 . —— 北京：作家出版社，2023. 9
ISBN 978-7-5212-2517-4

Ⅰ. ①帽… Ⅱ. ①帽… Ⅲ. ①诗集—中国—当代 Ⅳ. ① I227

中国国家版本馆 CIP 数据核字（2023）第 173722 号

帽饰有诗意

编　　者：帽仕汇
责任编辑：省登宇　周李立
特约组稿：仵春蕾
装帧设计：TT Studio
出版发行：作家出版社有限公司
社　　址：北京农展馆南里 10 号　　邮　　编：100125
电话传真：86-10-65067186（发行中心及邮购部）
　　　　　86-10-65004079（总编室）
E-mail:zuojia @ zuojia.net.cn
http://www.zuojiachubanshe.com
印　　刷：北京盛通印刷股份有限公司
成品尺寸：140×210
字　　数：230 千
印　　张：11.25
版　　次：2023 年 9 月第 1 版
印　　次：2023 年 9 月第 1 次印刷
ISBN 978-7-5212-2517-4
定　　价：68.00 元

特别鸣谢

帽仕汇

富美帽饰博物馆